CB061069

A Génese Africana

Contos, mitos e lendas da África

A GÉNESE AFRICANA

Contos, mitos e lendas da África

Leo Frobenius e Douglas C. Fox

TRADUÇÃO
DINAH DE ABREU AZEVEDO

PREFÁCIO
ALBERTO DA COSTA E SILVA

MARTIN CLARET

SUMÁRIO

Nota sobre as ilustrações — 9
Prefácio à edição brasileira — 11
Prefácio — 17
Introdução — 23
Nota — 47

A GÊNESE AFRICANA

PARTE UM: OS BERBERES

LENDAS CABILAS DA CRIAÇÃO

Os primeiros seres humanos, seus filhos
e suas filhas amazonas — 55
O surgimento da agricultura — 67
O primeiro búfalo e a origem
dos animais de caça — 73
O primeiro gado doméstico — 81
As primeiras ovelhas e carneiros
e a articulação do ano — 85

CONTOS FOLCLÓRICOS DO POVO CABILA

O chacal e os cordeirinhos — 93
O leão e o homem — 97

A beleza da perdiz   101
O tordo   103
O chacal e a galinha   105
O chacal e o leão   109
O chacal e o lavrador   115
O chacal que gostava de se vangloriar   119

PARTE DOIS: OS SUDANESES

LENDAS SONINQUÊS

O alaúde de Gassire   127
A redescoberta de Uagadu   141
A luta com o dragão Bida   151
Samba Gana   167

LENDA FULA

O sangue azul   177

CONTOS FOLCLÓRICOS MANDÊS

Cinco histórias improváveis   197

CONTOS FOLCLÓRICOS NUPES

O crânio falante   207
Pergunta e resposta   209
Gratidão   213

LENDA HAUÇÁ

A velha   223

PARTE TRÊS: OS RODESIANOS DO SUL

HISTÓRIAS DO CHIFRE DE *NGONA*

Muuetsi e suas esposas   269
A moça que tinha coração de mãe   277
O caçador   283
O pescador   287
Os leões aquáticos   291

LENDA URRONGA

Mbila, o sacrifício à chuva   297

NOTA SOBRE AS ILUSTRAÇÕES

As ilustrações deste livro são provenientes do material que consta nos arquivos do *Forschungsinstitut für Kulturmorphologie in Frankfurt-am-Main*. São obras de Kate Marr, uma das artistas da equipe daquele instituto.

Os retratos de página inteira dos nativos foram tirados em várias expedições da equipe de Frobenius à África, durante as quais as histórias foram coletadas.

Ilustrações complementares à nova edição: ilustradora Lila Cruz.

PREFÁCIO À EDIÇÃO BRASILEIRA

ALBERTO DA COSTA E SILVA*

Tenho Leo Frobenius (Berlim, 1873-Lago Maggiore, 1938), que recolheu as histórias que constam deste livro e muitíssimas outras, como um dos mais fascinantes personagens do início do século XX. Ao mesmo tempo explorador corajoso e obstinado, homem de gabinete, professor erudito e sonhador sem limites, foi, durante muito tempo, considerado um dos maiores especialistas em arte pré-histórica, e, até hoje, é difícil falar-se em África sem mencionar o seu nome.

Apaixonado pelos trabalhos de campo, estudou *in loco* as pinturas, desenhos e inscrições rupestres dos Alpes, dos desertos do Saara e da Líbia, da Noruega, da Jordânia, da Espanha, do atual Zimbábue e da África do Sul, e dirigiu uma dúzia de expedições a diferentes partes da África, percorrendo-a desde os litorais até o interior mais profundo. De todas essas experiências, deixou registro

---

* Alberto da Costa e Silva, poeta, ensaísta e historiador, é membro da Academia Brasileira de Letras. Entre seus livros, contam-se *Poemas reunidos* (2000), *A enxada e a lança: a África antes dos portugueses* (1996), *A manilha e o libambo: a África e a escravidão, de 1500 a 1700* (2002), que recebeu os prêmios Jabuti e Sérgio Buarque de Holanda, da Biblioteca Nacional, *Um rio chamado Atlântico* (2003) e *Francisco Félix de Souza, mercador de escravos* (2004).

em artigos e livros — e só estes somam sessenta. Muitas das ideias que neles expôs, sobretudo aquelas nascidas de sua imaginação transbordante — ou, diria alguém, de suas fantasias —, foram descartadas, mas outras são tidas por seminais e antecipam o histórico-culturalismo da Escola de Viena. Mais do que por suas teses, contudo, boa parte de suas obras continua viva, graças à emoção com que descreveu suas viagens e as descobertas que nelas fez, e o material que arrecadou.

Este foi numeroso e importantíssimo, tanto em objetos feitos pela mão humana, entre os quais soube reconhecer as grandes obras de arte, quanto em mitos, lendas, contos, fábulas e anedotas, que, para ele, explicavam culturas e davam pistas para refazer-se a história dos povos sem escrita. E não só destes. Como ele próprio escreveu, "entre o presente e o passado há um vínculo mais poderoso do que pirâmides e bronzes e esculturas e manuscritos: a memória dos homens que não aprenderam ainda a escrever, ou que ainda não tiveram o tesouro das lembranças arruinado pelo uso excessivo da palavra escrita".

Tinha ele motivo pessoal para dar valor às narrativas e ditos tradicionais, pois, a saber seguir o ouvido, deveu um de seus maiores feitos: revelar ao mundo a escultura antiga de Ifé. Em 1892, ele procurava, entre marinheiros africanos, no porto de Hamburgo, informações sobre o reino do Congo, quando um deles, um iorubá que se dava o nome de John, lhe disse, num inglês macarrônico: "In my country is every old-man big stone" ("Na minha terra todo homem antigo grande pedra"). E mencionou depois a cidade de Ifé. Sobre essa cidade, Frobenius ouviria, durante suas expedições à África, muitas outras vozes. Que era sagrada. Que nela surgira o homem, a subir de um buraco na terra. Que ali ficava o umbigo do mundo. E, em Tombuctu, escravos iorubás ampliaram o que lhe quisera dizer John: os seus antepassados, depois de enterrados, transformavam-se em pedra, e deles restava a cabeça, cada uma diferente da outra, como eram distintas quando estavam vivos.

Dezoito anos depois do encontro em Hamburgo com o marinheiro iorubá, Frobenius chegou a Ifé convicto de que ali havia um tesouro. E, com efeito, descobriu-o, no bosque de Olocum, o orixá do oceano: as belas cabeças em cerâmica e a do próprio deus, em metal, que assombrariam o mundo. Essas cabeças mostravam-se inteiramente distintas da escultura africana até então conhecida. São de um realismo que pressupõe o retrato. Mas de um realismo intelectual, pois o olhar do escultor captava as feições do modelo conforme o entendimento que tinha de como deveria ser um rosto humano ideal, seguindo, portanto, uma norma, reconhecida e aceita, de como era a face da beleza. Essas peças, logo concluiu, obedeciam a cânones que podiam ser assemelhados aos da Grécia clássica.

Desde muito pensava Frobenius que a Atlântida, aquela Atlântida que Platão havia inserido para sempre nos sonhos europeus, devia haver existido ou a sua história não mereceria os cuidados do filósofo, que a narrou em dois de seus diálogos, *Timeu* e *Crítias*.

Platão a pôs na boca de um sacerdote egípcio, que a teria contado a Sólon, que, por sua vez, a narrou a Crítias, avô de um outro Crítias, que a repetiu a Sócrates e seus amigos. Havia nos mitos sempre uma verdade, ainda que oculta ou simplificada, julgava Frobenius, e, no caso da Atlântida, estava bem acompanhado, pois sobre ela se debruçaram, crédulos e interessados, entre tantos outros grandes nomes do pensamento ocidental, Montaigne, Buffon e Voltaire.

O entusiasmo de Frobenius diante da escultura de Ifé não o deixou ter dúvidas: havia encontrado a Atlântida, a terra de Posêidon, o deus grego do mar. Ali, no Iorubo, onde se venerava o orixá do oceano, viviam os descendentes decaídos daquela Atlântida que, segundo o mito, um cataclismo fizera desaparecer, num só dia e numa só noite, nas águas do Atlântico. As imagens em cerâmica e aquela cabeça de bronze, de feições tão puras e serenas, que desenterrara do bosque do deus, eram o que sobrara de um grande momento da história da cultura, alto como o dos antigos gregos e etruscos. Frobenius sentiu-se como Schliemann, ao desenterrar o que julgava ser Troia.

Não se levam a sério as fabulações de Frobenius sobre a Atlântida, mas tem-se por inestimável tudo o que levantou sobre a cultura material e as crenças, as artes, as tradições, as estruturas familiares, a organização política, os valores e os modos de vida dos diferentes povos africanos que procurou conhecer. Foi dos primeiros, se não o primeiro, a contraditar uma noção corrente no seu tempo: a de que a África não possuía história. Com ele, tiveram início os trabalhos sistemáticos não só sobre a história, mas também sobre a pré-história africana, aos quais ele dedicou o melhor de sua vida.

Não estava isento dos preconceitos de seu tempo, que faziam da África o continente da barbárie, mas a observou e ouviu com mais do que interesse e simpatia: com afeto. E trouxe um sopro novo aos estudos africanos: impregnou-os de paixão, assombro e sonho. Por isso, o grande poeta que o Senegal deu à língua francesa, Léopold Sédar Senghor, disse Frobenius que "iluminou a história e a pré-história da África até as suas profundezas" e a embebeu de poesia.

Frobenius foi um incansável arqueólogo. Recolheu um número espantoso de objetos antigos africanos. Mas às suas escavações faltou rigor científico, de modo que suas avaliações dos achados são em geral subjetivas e emocionais. Somava, porém, os dados da arqueologia às histórias que os africanos lhe contavam, para tentar reconstruir o passado do continente. O número dessas histórias que reuniu em livros é esmagador. Mas tinha ele, creio, certa preferência por aquelas sagas que denominou de "cavalaria e amor", nas quais ele via jalofos, soninquês, mandingas, fulas, mossis, baribas, nupes, oiós e hauçás, do alto de seus cavalos, a repetirem os romances da Idade Média europeia.

Exemplos dessas histórias de cavalaria, que os bardos ainda hoje passam horas a cantar, figuram nesta antologia preparada por Douglas C. Fox e publicada um ano antes da morte de Frobenius. Ao lado delas, leem-se outros racontos, entre os quais os que apresentam como vilão o astucioso e traiçoeiro chacal, e que devem ter recordado ao sábio alemão as fábulas europeias da raposa.

As narrativas deste livro provêm de áreas da África bem determinadas e não expressam a riqueza da literatura oral de todo o continente. Aqui estão apenas histórias do noroeste da África, do Sahel e do Sudão ocidentais e de parte do atual Zimbábue, onde os grandes amuralhados de pedra (*os zimbaués ou zimbábues*), de que nos deu notícia, no século XVI, em suas *Décadas da Ásia*, o cronista João de Barros, continuam a maravilhar-nos. São predominantemente histórias das savanas e das estepes, dominadas pelo homem a cavalo. As florestas ficaram em outros contos, que não encontraram lugar neste volume, ainda que ocupassem um amplo espaço na mente e no coração de Frobenius. Foi por um povo que vivia em boa parte nas matas e nos campos cobertos, os iorubás, que ele se deixou tomar de entusiasmo. E talvez tenha sido nas matas de Ifé que ele começou a amar a África. A sua África. Ou, como preferia dizer, *unser Afrika*. A nossa África.

PREFÁCIO

Os fac-símiles dos retratos e das pinturas rupestres reproduzidos neste livro fazem parte de uma série extraordinária de coleções de Frankfurt, compiladas sob a direção do professor Leo Frobenius — a Galeria de Pintura Rupestre da Pré-História.

Junto com os textos antropológicos do professor Frobenius, essa coleção apresenta a evidência mais persuasiva que temos de uma cultura pré-histórica comum às raças africanas e europeias. Há cerca de quarenta anos, Riviere, um estudioso francês, fez uma descoberta embaraçosa para importantes antropólogos europeus. Descobriu pinturas numa caverna do norte da Espanha, criadas no período glacial. A qualidade dessa arte mostrou que o homem da era glacial tinha desenvolvido uma cultura e um nível artístico que não estava muito longe do nosso. Foi irritante, para alguns cientistas europeus modernos, pensar que uma cultura "primitiva" poderia ser comparável à grandeza e ao esplendor supremos da Europa do século XIX. Além disso, em geral se pensava que a cultura mais antiga da Idade da Pedra, que mostrava pouca relação com culturas do período pós-glacial, tinha desaparecido quando o gelo recuou para o norte. O jovem Leo Frobenius, um estudante que não considerava o seu mundo cultural como o melhor de todos os mundos possíveis, perguntou-se, à luz da descoberta da pintura da caverna, se não teria sido possível que essa cultura dos primórdios da Idade da Pedra fosse nativa da África, assim como da Europa. Não parecia provável ao jovem Frobenius que algo tão vigoroso quanto essa cultura pudesse desaparecer. Lembrou-se do fato de o norte da África nem sempre ter sido um deserto e poderia muito bem ter alimentado uma cultura humana numa época em que as geleiras ainda cobriam o sul dos Pirineus. Além do mais, pensava-se que a Espanha tinha sido parte da África e da Europa naquela época, sem o estreito de Gibraltar entre os continentes.

Os sul-africanos ainda fazem pinturas rupestres, pensou Frobenius. Não seria possível que a cultura de antigamente ainda estivesse viva hoje, decadente, claro está, mas ainda um resto da cultura que um dia florescera na Espanha?

A organização e o trabalho pioneiro que produziram a evidência que confirmava a hipótese original de Frobenius é história familiar para os cientistas. Tornou-se parte do saber popular desde a exposição da obra de Frobenius em instituições como o Museu de Arte Moderna de Nova York, e o nome do professor Frobenius parece destinado a eclipsar os luminares mais brilhantes da antropologia moderna. Mas por trás dessa carreira existem uma amplitude filosófica e uma unidade de propósito absolutamente extraordinária em cientista cujo trabalho é tão especializado.

Frobenius disse certa vez: "Nós, os europeus modernos, concentrados no jornal e no que acontece de um dia para o outro, perdemos a capacidade de pensar grande. Precisamos de uma mudança no *Lebensgefühl* (sentido de vida). Tenho esperanças de que a enorme perspectiva de avanço humano que foi aberta para nós por essas pinturas rupestres e pela pesquisa moderna da Pré-História contribuam em alguma medida, mesmo que muito pequena, para o seu desenvolvimento".

Quando a pesquisa da pintura rupestre das expedições de Frobenius o levou a símbolos e desenhos que indicavam uma transfusão de culturas e crenças religiosas entre as civilizações africana e egípcia e entre outras raças, passou a ser-lhe necessário compreender a mitologia que estava por trás dessas pinturas. Na África, em muitos casos isso exigia a coleta de contos folclóricos e mitos nativos, e a correlação dessas histórias e superstições com as pinturas. Esse corpo de folclore, autêntico e cheio de imaginação, é a substância do presente volume.

Nada dá uma ideia melhor do caráter de Frobenius do que suas propostas, apresentadas por escrito a Adolf Bastian, um dos maiores intelectuais alemães, na época da descoberta de Riviere.[1]

1. O obstáculo mais difícil à nossa compreensão da cultura é nossa ignorância. Não sabemos o suficiente.

---

[1] *Prehistoric Rock Pictures*, Museu de Arte Moderna, Nova York, 1937.

Qualquer zoólogo competente, se lhe derem a asa de um besouro, pode lhe dizer o nome do inseto a que pertence, e nenhum botânico acha que as rosas nascem em carvalhos. Temos familiaridade com as características dos elementos químicos, sabemos como podem ser combinados e que, combinados, têm características diferentes. Sabemos até quais são essas características. Mas o que sabemos sobre cultura? Nada. Porque somos preguiçosos, desinteressados e estúpidos, porque nos vangloriamos quando conseguimos enfileirar cinco ou dez citações para escrever uma monografia engenhosa.

2. De que precisamos então? Trabalhar! E trabalhar mais ainda! Todo fato, objeto e crença que puderem nos ajudar a compreender o desenvolvimento da cultura humana devem ser arquivados e indexados para uso. É pura questão de dedicação, primeiro para reunir o material e depois para ver o que podemos descobrir só com a distribuição geográfica de certos elementos da cultura.

3. Vamos descobrir que há povos que não conhecemos suficientemente bem e, por isso, vai ser necessário enviar expedições para encontrar e compilar o material que não temos.

4. Vai ser tarefa nossa manipular nosso material não só linguística, descritiva e filologicamente, mas também graficamente. Isso significa que toda expedição deve estar equipada com um grupo de artistas que vão passar para o papel e a tela aquilo que não puder ser registrado acuradamente com a máquina fotográfica.

5. Isso quer dizer que uma das principais tarefas de uma "ciência da cultura" séria e de uma verdadeira morfologia cultural será criar instituições de pesquisa e organização de expedições.

Com essa unidade de propósito, essa autocrítica honesta e esse entendimento cabal dos aspectos práticos e intelectuais do trabalho em questão, era inevitável que Frobenius levasse seu empreendimento a bom termo.

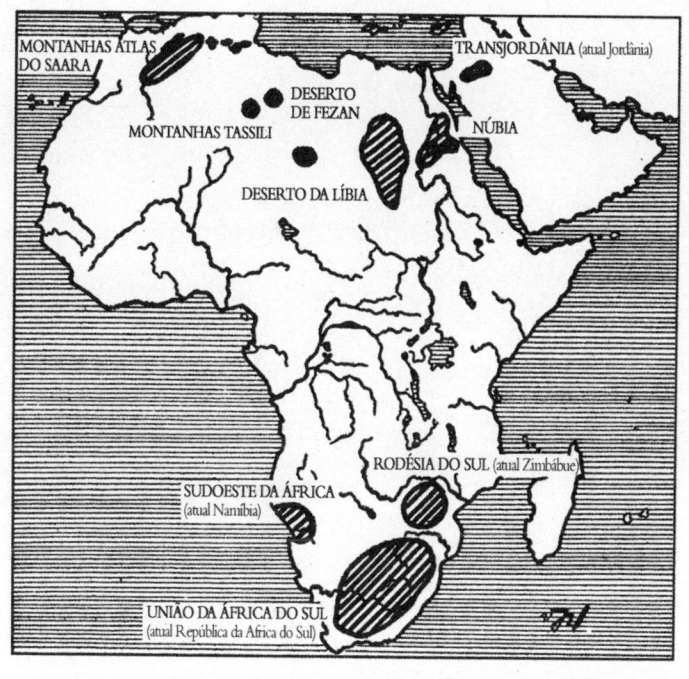

Mapa das áreas de pinturas rupestres da África exploradas pelas expedições de Frobenius

INTRODUÇÃO

DOUGLAS C. FOX

Como simples histórias, lidas pelo prazer que podem proporcionar, estes contos não precisam de introdução. Falam por si mesmos. Apesar disso, para o leitor mais erudito que pode se inclinar, como nós, a considerá-los não só como narrativas, mas documentos de valor etnológico e até literário muito evidente, pode ser bom dizer algo a respeito de seu contexto.

Vamos dar a esse material uma ordem geográfica e cronológica: estamos diante, primeiro, de lendas e folclore dos berberes da Argélia e do Marrocos; depois, dos soninquês e dos fulas do Sahel Ocidental, dos mandês do Sudão Ocidental, dos nupes e hauçás do Sudão Central e dos uarrongas da Rodésia do Sul.[1]

Começando do início e assumindo uma perspectiva ampla, podemos ver que, da poeira das conquistas e migrações que nos últimos dois mil anos varreram o norte da África, surgiram dois povos, os árabes e os berberes, dois povos ao lado dos quais, *neste* território, os judeus, os turcos e os negros são, culturalmente, de somenos importância.

Esses dois povos são, de certo modo, quase que diametralmente opostos. Ambos têm uma língua verbal e

---

[1] Atual Zimbábue. (N. E.)

espiritual diferente e, embora ambos sejam muçulmanos, têm também uma concepção diferente da vida e do viver. O berbere, agricultor, está enraizado no chão. Seus pensamentos não vão além de sua casa, de sua aldeia ou de seu vale. O árabe, um nômade, anda para lá e para cá, transportando mercadorias ou tocando seus rebanhos de carneiros, cabras ou camelos. Para ele, é totalmente indiferente dormir no oásis ou na cidade. O pastor vai de um pasto a outro. O mercador viaja entre suas bases, em duas ou mais cidades bem distantes uma da outra. Nessas bases eles têm esposas e outros bens domésticos, mas não são lares, psicologicamente falando.

A diferença entre as duas formas de pensar torna-se evidente quando consideramos a foma pela qual cada uma delas vê a mesquita. Para o berbere, a mesquita ainda é a casa da comunidade. Aqui ele faz seu culto religioso, senta-se com seus semelhantes numa reunião séria de conselho, aqui seus amigos passam a noite. Para ele, a mesquita é a concretização de seu sentimento comunal, é o altar de seu pequeno vale, sua comunidade, seu lar. Já para o árabe, a mesquita é o símbolo de uma religião unificadora, mundial e inalterável, o altar de um Islã que é o mesmo em toda parte.

O árabe só conhece um cosmo, o cosmo. Mas o berbere vê seu lar como um microcosmo no macrocosmo. Embora a concepção de mundo do berbere seja construtiva, articulada, cheia de expressão individual e mitologia cósmica, a do árabe é nebulosa e vazia, limitada a uma lenda e a um ideal emprestado e generalizado (como *As mil e uma noites*), e só se expressa criativamente na monotonia fria do Islã.

Apesar disso, o árabe é fisicamente superior ao berbere. As aldeias semelhantes a castelos do último existiram um dia em todos os oásis. Mas, uma após outra, caíram com as prolongadas matanças de mais de século do conquistador do Oriente, até que por fim o berbere, ele próprio um senhor de escravos, tornou-se pouco mais que um escravo do árabe. O árabe violentou os oásis, saqueando tudo o que podia e fugindo para o deserto. O berbere reconstruía o que havia sido destruído, cultivava suas tâmaras, seus figos, seu painço e seu óleo, para vê-los roubados na época da colheita em outro ataque de surpresa. Uma vez que nunca conseguia preservar uma parte maior de sua colheita que aquela necessária para mantê-lo vivo, perdeu o interesse por seu trabalho, deixou sua semente se reproduzir sozinha, negligenciou a irrigação e não mais se deu ao trabalho de lutar contra a invasão da areia. Essa é uma das razões pelas quais a maior parte dos oásis do norte da África está em condições tão lamentáveis hoje.

Essa repressão ao berbere estendeu-se geograficamente do oásis de Júpiter Amon (Siwa), no leste, até a costa atlântica do Marrocos, no oeste. A magnitude desse processo estava em proporção direta com a austeridade da paisagem. O processo foi rápido nas planícies e no deserto apropriado ao camelo, à caravana e ao seu senhor, o árabe; nas regiões montanhosas, foi mais lento. Como resultado, a verdadeira cultura berbere de antigamente hoje está preservada somente na parte oriental do Marrocos (os rifes) e nas montanhas Djurdjura da Argélia, o chamado país cabila. No Marrocos, o berbere vive há séculos num império islâmico. Mas no país cabila continuou independente, tão independente, que até o turco, um dia poderoso, preferia deixá-lo em paz, e só o europeu o conquistaria.

O poderoso maciço de Djurdjura ergue-se a leste da cidade de Argel, com seu pico elevado coroado de gelo e neve. As correntes torrenciais de seus desfiladeiros juntam-se no Sebau, que vai para o mar em Delis. É um país montanhoso na verdadeira acepção do termo, sem absolutamente nada de africano; não conhece palmeiras nem lianas, nem outras plantas tropicais, e sim o carvalho, o freixo e o eucalipto. Nos pomares, a vinha, a figueira e a oliveira balançam seu verde e prata sobre o painço e o trigo. O cabila, o dono da vinha, é o sobrevivente de uma espécie arcaica, e nele encontramos a essência do berberismo

Kasar Amar

Ilustração 1

Ilustração 2 **Djebel Bes Seba**

que floresceu no norte da África antes da chegada do árabe. Sua concepção de mundo, da vida e do viver foi preservada pela mitologia e pelas lendas cabilas transmitidas de uma geração à seguinte, e talvez entre essas lendas nenhuma seja mais direta e fascinante para o etnólogo (por mais terrenas que o leigo as considere) que aquelas que falam da criação do ser humano e dos primeiros animais. Essas lendas têm interesse arqueológico e também etnológico, pois dizem muito a respeito das interessantes pinturas rupestres encontradas nas montanhas Atlas do Saara (que não devem ser confundidas com o Alto Atlas do Marrocos), uma cordilheira ou série de cordilheiras a algumas centenas de quilômetros ao sul do país cabila, cordilheiras que não são tão íngremes quanto a de Djurdjura, portanto mais acessíveis ao árabe, que logo dominou o berbere local que as habitava.

Entre essas pinturas, a maioria de animais, há um motivo que se repete muitas e muitas vezes: o de um homem em pé com os braços erguidos diante de um búfalo ou carneiro. Curiosamente o carneiro e o búfalo nunca aparecem juntos; mas ambos estão, quase sempre, combinados a uma figura humana, e a dupla em geral constitui o centro de um número variado de desenhos de animais distribuídos aleatoriamente à sua volta. Entre esses desenhos rupestres, que não são mais compreendidos pelo árabe ou pelo berbere comum, os do búfalo e do carneiro são os mais antigos, o que foi determinado pela pátina da rocha e pelo tipo de artefatos de pedra encontrados junto a eles.

O cabila, que (com uma única exceção) não tem mais nenhuma recordação ou conhecimento dessas pinturas, deu-nos, apesar disso, a chave de seu significado. Seu folclore é povoado pelo búfalo e pelo carneiro; e, quanto mais o ouvimos, mais clara fica a conexão pré-histórica. Descobrimos que o búfalo

Itherther era o rei e pai de todos os animais de caça, que ficou perdido nas montanhas rochosas, e que o cabila de antigamente fazia, antes de partir para a caçada, sacrifícios nos lugares onde esses animais nasciam. Essa é, por si só, uma explanação suficiente da pintura rupestre (que o cabila não viu) de um homem de pé em atitude de adoração diante de um búfalo. As histórias do carneiro, que é considerado o articulador do ano, aquele que possibilita os banquetes e festividades (é evidente que a história foi um pouco islamizada), aquele que precisa ser consultado a respeito da semeadura e da colheita, deixam claro que o carneiro era o deus da agricultura. A exceção que mencionei é o desenho descorado de um carneiro sobre o Häither. Muito pouco dele é visível hoje. Mas o cabila diz que diante do carneiro está um homem em pé (lembre-se de que ele não tem conhecimento algum das pinturas das montanhas Atlas do Saara), um homem que, "como outros, pergunta sobre a hora certa de semear e colher!"

O búfalo da Idade da Pedra[2] que aparece nas rochas das montanhas Atlas do Saara era o rei dos animais e, por conseguinte, tornou-se o deus do caçador, e o Carneiro Solar,[3] possivelmente um dos primeiros animais domésticos, era o supervisor da agricultura e é apresentado como o deus do camponês.

---

[2] Ver as ilustrações 1 e 2. Ambos os desenhos estão profundamente entalhados na rocha. Foram copiados pelo pintor Carl Arriens, membro da expedição de Frobenius de 1912-1914, refeitos em 1934-1935. Os nativos explicam-nos com as palavras habituais *hadscha maktuba* (isto é, "escritos na pedra").

[3] Ver ilustrações 1 e 2.

Há milhares de anos, o oásis um dia florescente de Siwa, que fica a oeste do Egito e a leste de Djurdjura, era habitado quase exclusivamente por berberes, que, como sugerem as lendas, estavam imbuídos da ideia do carneiro como a encarnação de uma força sobrenatural. Parece provável que, com o passar do tempo, essa ideia tenha se disseminado pelo Egito, onde passou, por assim dizer, pelo transformador de alta potência da *Weltanschauung* (visão de mundo) egípcia, que lhe deu forma física, de modo que ele voltou a Siwa como o culto do deus solar com cabeça de carneiro, Júpiter Amon, o deus cujo oráculo o grande Alexandre veio a Siwa consultar. Portanto, o conceito ou ideia veio do Ocidente, e o Oriente deu-lhe forma (*hat es gestaltet!*).

Essas são as ideias — devem ter parecido antigas até para os egípcios antigos — que ainda vivem na mitologia do cabila, ideias que um dia devem ter desempenhado um papel decisivo na cultura do norte da África.

Da lenda berbere passamos para a fábula berbere. São histórias com animais, algumas com fundo moral, outras não; e, quando são morais, às vezes, o são de uma forma devastadora, mas nunca — como é tão frequentemente o caso de Esopo — advertem de maneira consciente. A comparação é injusta, pois Esopo era um excelente pedagogo e, nesse sentido, suas histórias não têm rivais. Os contos berberes são folclore; e no chacal berbere encontramos aquele espírito astuto, engraçado e inescrupulso sempre presente na tradição camponesa: aqui o chacal, a lebre na África do Sul (uma verdadeira *Brer Rabbit*) ou a esperta raposinha dos países bálticos (*Reinecke Fuchs*).

Em *O alaúde de Gassire*, chegamos à lenda em sua forma mais grandiosa. Os bardos que compuseram a *Dausi* soninquê, da qual *O alaúde de Gassire* faz parte, provavelmente conheciam os cabilas antigos, mas os soninquês de hoje vivem muito, muito ao sul de Djurdjura e do Rife.

Entre o Saara ao norte e as estepes arborizadas do Sudão ao sul, entre o Senegal a oeste e o Nilo a leste, fica uma faixa de pastagens que daria pouca comida ao gado mimado dos europeus, mas que os árabes consideram ótima. Chamam-na de Sahel e a preferem a qualquer outra região da África. Na parte ocidental dessa área, entre o Alto Níger e seu tributário, o rio Bani, fica a terra fértil de Faraca, que é irrigada — quando não inundada — por esses dois cursos d'água, uma ilha úmida em meio às vastidões secas do Sahel. Aqui, onde agora vivem os soninquês, foi um dia uma terra de trovadores, uma terra onde, alguns séculos antes e depois de nossa era, a cultura cavalheiresca no norte da África floresceu. Em Faraca viveram os aristocráticos fasas, que vieram do mar e lutaram constantemente com os borojogos e os burdamas (os fulas e os tuaregues de hoje).

No século III a.C., os fulas foram finalmente subjugados. Mas isso não é tema das canções compostas entre os séculos IV e XII, que falam mais do período heroico de uma era muito mais antiga, aparentemente aquela da *Garamantenkultur* (a cultura dos garamantas) que Heródoto encontrou no Fezan e que deve ter tido seu apogeu por volta de 500 a.C. A história épica dessa cultura ou período está contida no que resta da *Dausi* soninquê.

Infelizmente, a influência culturalmente destrutiva do Islã e a tendência crescente de pensar mais na agricultura que na guerra tornaram difícil para o etnólogo descobrir mais que um fragmento ou dois da *Dausi* original. E o fragmento apresentado aqui, *O alaúde de Gassire*, é a melhor parte do épico que foi preservada. Nela ouvimos repetidamente os quatro nomes de Uagadu, a lendária cidade de Fasa (homens do Fezan?): Dierra, Agada, Gana, Sila. Dierra parece referir-se ao lugar perto de Mursuque em que ficam as ruínas de Djerma, Agada a Agadez, ao norte dos estados hauçás; quanto a Gana e Sila, acredita-se que ficavam no Alto Níger.

Com relação à luta que ocorre na narrativa, eu gostaria de observar que o combate singular só se podia dar entre iguais, com lança e espada, e se um herói ou qualquer membro das castas superiores tivesse de lutar com homens de posição social inferior (em nosso caso, Boroma), ele mostrava desprezo por eles usando apenas a faixa da barrigueira da sela ou um chicote. A luta, como os torneios da Idade Média, era um esporte muito sério. Se, como resultado, alguém conquistasse uma dama de alto nascimento e um belo castelo de fortes paredes de barro aonde ir com ela, estava tudo muito certo. Mas o principal era o fato de se cobrir de glória.

A redescoberta de Uagadu, que vem em seguida, não tem a dimensão épica de *O alaúde de Gassire*, e sim

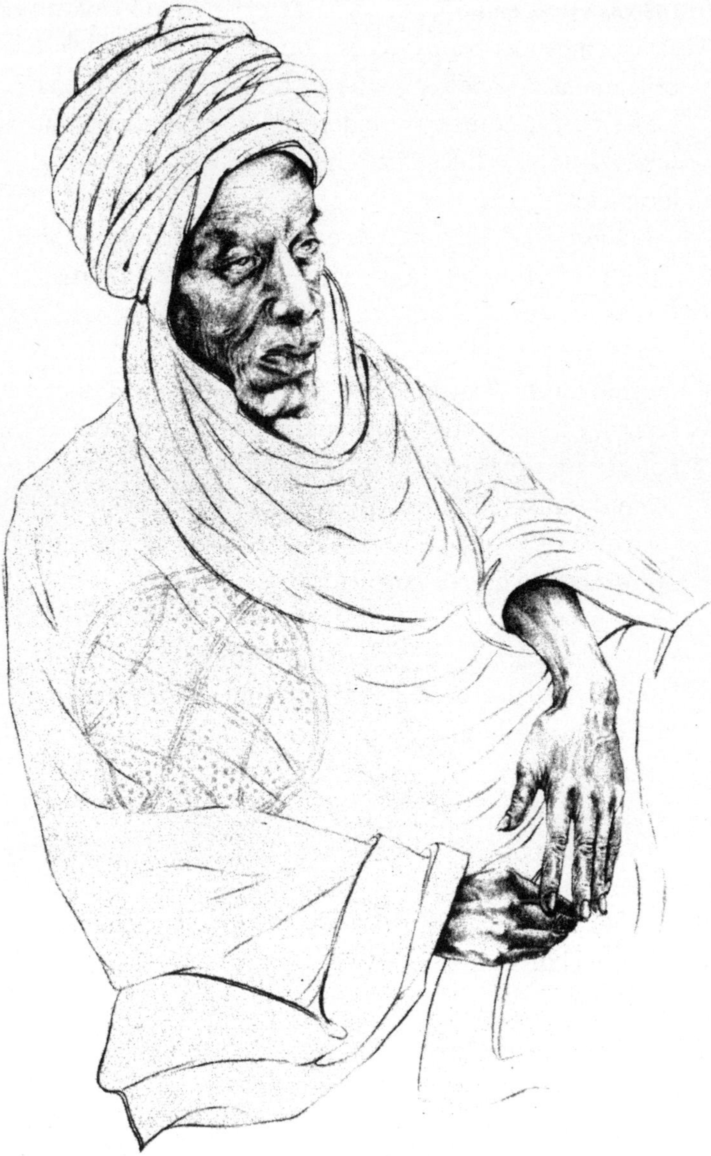

um sabor semita que nos lembra muito claramente da história de Esaú e Jacó. As características do cenário são as mesmas e a derivação de grande parte dele é óbvia, mas a versão africana da história, mais amena, dá à situação uma propriedade e uma dignidade que não existem na falcatrua pura e simples sobre a qual lemos no *Gênesis*.

A luta com o dragão Bida é de novo uma nota mais elevada. Apresenta o que há de mais forte e de mais fraco na natureza humana. Mamadi Sefe Decote está disposto a arrasar uma cidade por Sia Jata Bari; ao mesmo tempo, Uagana Saco não vai desafiar o amante secreto de sua esposa, pois ouviu dizer que o homem admitira ter medo: para os soninquês, não é de bom-tom desafiar um homem que admitiu sentir medo.

Em *Samba Gana*, temos o tipo mais elevado de nobreza, algo que os europeus e os norte-americanos tendem a pensar que é característico apenas das culturas euro-americanas, e não algo que, como os homens de Faraca, recebemos, de forma adulterada, do beduíno do primeiro milênio de nossa era. A nobreza é um dos sinais inequívocos das orgulhosas culturas caçadoras hamíticas e ainda existe hoje numa forma muito elevada entre os beduínos puros do deserto da Arábia. Talvez o leitor goste de saber que tumbas gigantescas do tipo construído por Analja Tu Bari para o herói Samba Gana ainda existem hoje, em graus variados de preservação, no Alto Níger.

Em *O sangue azul*, temos um tipo de nobreza que podemos admirar ou não, bem como um tipo de nacionalismo que não é desconhecido na Europa de hoje. *O sangue azul* é um conto fula.

Os fulas, que Barth identificou com os *Lucaethiopen*, eram, provavelmente no começo de nossa era, um povo subjugado pelos garamantas ou fasas do norte da África Central (os fezans). Sabemos pelos fulas símilis do território mossi que seus ancestrais sofreram sob o domínio fasa, enquanto os fulas bororos de Adamaua falam de sua escravização pelos garas-fasas do norte e contam que fugiram para o sul para escapar disso.

A lenda gassira refere-se ao "Boroma, parecido com um cão", os bardos soninquês dizem que o boro-jogo jamais olha um fasa nos olhos, e o povo do norte do Saara fala hoje dos kel-boros, uma raça subjugada que usava o boi no lugar do camelo como animal de carga. Todas essas são referências aos ancestrais dos bororos, os pastores não muçulmanos que hoje habitam o Sudão Central.

Portanto, por volta do ano 1, os fulas eram um povo subjugado, primitivo e desprezado. Depois de sua migração para o sul, sua vida melhorou e os mais aventureiros entre eles viveram da espada da mesma forma que os barões ladrões da Europa durante a Idade Média. Com o passar do tempo, esses imigrantes criaram uma aristocracia e um intenso orgulho nacional, que se refletem muito bem em *O sangue azul*. E, talvez sem saber que o faziam, adotam os mitos e lendas de seus antigos senhores como se fossem seus, às vezes alterando nomes e incidentes secundários para adequá-los a seus propósitos, às vezes nem se dando ao trabalho de fazer isso. Não temos motivo algum para desprezá-los por isso. São poucas as lendas da Europa que não vieram da Ásia; e poucas "boas famílias" da

América do Norte ou da Europa podem remontar a sua linhagem a quinhentos anos, menos ainda a mil.

E depois temos os mabos, os bardos fulas cantando o *Baudi* (que não deve ser confundido com a *Dausi* soninquê), o épico dos heróis fulas cantado, na costa do Mediterrâneo, entre os garamantas (fasas) e em Fezan, assim como entre os povos do Sahel e do Sudão, muito tempo antes de adotados pelos fulas, subitamente conscientes de sua raça e nacionalidade.

Os fulas de hoje, que agora não constituem uma nação em nenhuma acepção do termo, miscigenaram-se em parte com o tronco camponês, mas sua maior parte ainda é nômade; podem ser encontrados no Sudão, desde as cabeceiras do Senegal até Kano, e depois, na direção sul, até as regiões setentrionais de Camarões (ver mapa). Em sua maior parte, são muçulmanos fanáticos, os únicos fanáticos negros de que temos notícias na África. Os bororos da região de Socotô, que não são muçulmanos, orgulham-se de seus heróis lendários ainda "pagãos".

Deixando o Sahel, dirigimo-nos mais ainda para o sul, para o Sudão propriamente dito, e lá, entre os mandês, temos, nas *Histórias improváveis*, aquele humor saboroso e exagero delicioso que são tão característicos do agricultor das planícies, alegre, profundamente religioso, de inteligência viva, natural e absolutamente charmoso, algo que encontramos de novo, numa forma mais moralizadora, nos contos nupes. As histórias mandês são o espírito negro em estado puro, enquanto o tom exprobratório do conto nupe *Gratidão* nos faz suspeitar da influência do Islã.

Mas, se há algo de moralizante em *A velha*, limita-se às risadinhas inaudíveis do bardo e, assim espero, do leitor. Esse é um conto hauçás, um panegírico feérico da destruição africana. Dizem os hauçá que as velhas são espertas para comprar no mercado, mas são uma influência maligna em casa. Ou são secas, e aí sua pele parece couro e seu coração é de pedra, ou, o que é igualmente desagradável, incham até perder toda semelhança com um ser humano. Seja qual for o caso, sua gordura cheira mal e sua cabeça é cheia de veneno. Seus cabelos são brancos, duros e secos. Não dá para trançá-los — o máximo que se consegue é torcê-los numa corda que mais parece de arame, com a qual a pessoa se pode enforcar. Os seios pendem longos e vazios desde que os filhos sugaram tudo de bom que eles tinham. E, em relação à perversidade, nem o próprio demônio consegue superá-las. Não é um quadro muito animador da velhice feminina, mas, à luz da narrativa, talvez seja justificado. Aliás, os hauçás vivem em cima e a 4° de ambos os lados da linha divisória imaginária entre Kano e Zinder, na região que é hoje o norte da Nigéria.

Os mitos da Rodésia do Sul também são completamente diferentes. Nas lendas berberes da criação, os animais têm papéis importantes. Na gênese uarronga, o personagem principal é um homem, e o tema é religioso, quer dizer, é uma declaração sobre a atitude do homem em relação às forças elementares que governam o mundo no qual ele vive. Que sua religião degenere muitas vezes em magia é óbvio na segunda, terceira, quarta e quinta narrativas do Chifre de *ngona*. A religião é a expressão irracional de uma necessidade interior, a magia é a aplicação racional dessa expressão para alcançar um fim material. Apesar disso, não adianta ser pedagógico aqui. Vamos voltar aos povos em si.

Na Rodésia do Sul, nas encostas de Sangano onde os maconis (um povo uarronga) têm suas cabanas hoje, vivia um rei chamado Madsivoa. O povo de Madsivoa levava uma vida difícil, pois tinha perdido seu instrumento de acender o fogo e eram obrigados a comer sua carne e seu peixe crus (como os amaras abissínios hoje). O instrumento de fazer fogo não era o objeto etnográfico que conhecemos, um instrumento de varetas e corda, e sim um chifre chamado *moto ui ngona*, cheio de um óleo *muschonga* (mágico) e fechado com uma tampa. Se alguém removesse a tampa, os gases que saíam do chifre eram fortes o bastante para fazer arder a madeira seca. Era tarefa da filha do rei e de uma *musarre* (sacerdotisa) cuidar do instrumento de fazer fogo. Um dia, por causa de uma briga, a *musarre* escondeu o instrumento e morreu sem revelar onde estava. Daí vinham as dificuldades pelas quais o povo de Madsivoa estava passando.

A lenda diz que o óleo *ngona* era usado para fazer os relâmpagos e, nas narrativas que se seguem, vemos que uma gota foi suficiente para fazer a primeira mulher da terra engravidar do cosmo, e que a posse do chifre conferia poder mágico sobre os elementos e sobre os animais de caça. Na primeira narrativa temos também os primórdios de um culto (a identificação do rei com a lua, a de suas esposas com Vênus) que resultaria no Estado teocrático e no regicídio ritual por estrangulamento, uma prática que durou até a chegada dos portugueses.

Que o próprio chifre *ngona* — com ou sem propriedades mágicas — não é fruto da imaginação, pode ser visto na seguinte história. Entre os maconis urrongas de Rusape, havia um conto interessante sobre uma montanha isolada chamada Chirigüi. Parece que havia um rei que desejava a lua como ornamento para pendurar ao pescoço. Seu povo construiu torres e tentou empilhar as montanhas uma em cima da outra para chegar ao céu. Mas as torres caíram, e as montanhas não podiam ser empilhadas umas sobre as outras. Finalmente o rei ouviu falar de Chirigüi. Chegou lá certa noite, subiu até o topo e, quando a lua surgiu, quebrou primeiro um de seus chifres, depois o outro. A lua criou novos chifres imediatamente e continuou seu caminho. Mas o rei estava cansado. Encontrou uma caverna em Chirigüi e deitou-se lá para descansar, com um dos chifres à sua direita e o outro à sua esquerda. E morreu. Seu povo levou-o de volta para seu país, mas deixou os chifres na caverna. Em resumo: foi encontrada uma caverna e lá foram encontrados os chifres (Ilustração 3), que agora pertencem ao Afrika Archiv, em Frankfurt. É o que os nativos chamam de chifres *ngona*: o mais largo é feminino e o outro masculino. Têm aproximadamente 35 centímetros de comprimento.

A ilustração 4 é a reprodução de um desenho pré-histórico entalhado na rocha e encontrado em Fezan (região Centro-Norte do Saara). Dois caçadores com

Ilustração 3

Ilustração 4

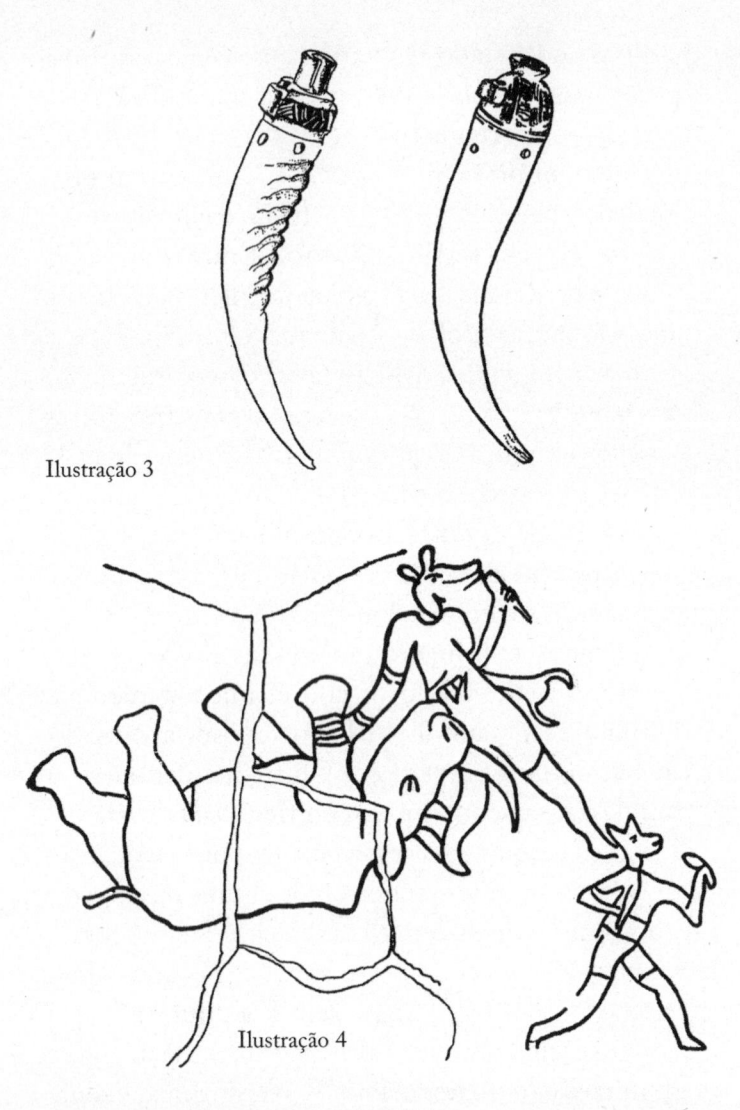

cabeça de animal estão levando para casa um rinoceronte, uma façanha que, sem magia, seria impossível, mesmo na imaginação do entalhador pré-histórico. A pista talvez esteja nos chifres que os caçadores levam.

São os chifres *ngona*, ou equivalentes? Não temos certeza. Se forem, então a pintura explica a si mesma.

Sabemos que, quando esse desenho foi feito, o Saara era uma região relativamente fértil e sabemos também que, quando a lenta formação do deserto começou, o povo que vivia ali foi obrigado a ir gradativamente para o sul. Sabemos que alguns de seus membros chegaram ao que hoje é a União da África do Sul, e há indícios de que outros penetraram na Rodésia do Sul. Se esses indícios estão corretos, é possível que o que vemos na ilustração 4 seja a representação pré-histórica de uma ideia do norte da África que, na Rodésia do Sul, perdurou em forma de lenda até os nossos dias. Seja como for, é uma especulação interessante.

Em *Mbila*, a última narrativa do livro, pode parecer que os urrongas davam pouca importância à virtude feminina, pois vemos que era impossível encontrar uma princesa virgem para sacrificar a Vênus, a fim de que chovesse. Na verdade, era exatamente o oposto e, exceto no caso de uma princesa, as coisas eram difíceis para uma moça solteira que não fosse virgem. Também sabemos que, quando um homem se casava e descobria na noite de núpcias que sua mulher não era o que devia ser, se divorciava dela. A cerimônia era simples. Na manhã seguinte, o homem arrancava o fundo de uma jarra, dava a jarra à mulher e a mandava de volta para a família carregando esse símbolo expressivo.

Na casa real, as coisas ocorriam de outro modo. Pelo lado feminino, a corte consistia da *mazarira*, a rainha-mãe, que vivia em retiro desde o dia da subida de seu filho ao trono, da *uarrosi*, a primeira esposa do *mambo* (rei), que reinava suprema, da *uabanda* (mulher mais velha de sangue real), a quem a *uarrosi* dava suas ordens, e da *uarango* ou *mucaranga*, que executava essas ordens. As *mucarangas* eram de boa família, em geral de sangue real. As filhas do rei, as *uasarre* (plural de *musarre*) também eram *mucarangas*.

Segundo a concepção cósmica na qual se baseava o Estado, havia uma conexão entre a fertilidade da casa real e a do país como um todo. A classe sobre a qual recaía dar vida e prova constante dessa fertilidade era a das *mucarangas*. E as coisas se passavam de tal maneira que a virgindade, que era uma virtude numa moça camponesa, era praticamente um vício egoísta numa *musarre* ou nos membros da classe *mucaranga*, pois, se ela não usufruísse o prazer que era seu por direito, as chuvas cessariam, as safras secariam e o gado morreria.

E assim, na lenda, não é surpreendente o fato de os *uangangas* ou sacerdotes não conseguirem encontrar uma virgem *mucaranga* que também fosse uma *musarre*, principalmente em vista do fato de que a seca já durava um ano quando a busca começou. No decorrer desse ano, toda *musarre* que tinha chegado à puberdade teria, muito naturalmente, feito o máximo possível, por meio de suas atividades sexuais, para acabar com a calamidade que se abatera sobre a terra.

Com o passar do tempo, foi possível reunir muitas informações sobre os sacrifícios para fazer chover e tomar conhecimento de um lugar no distrito de Rusape, onde se supõe que eles eram feitos. Ali, numa encosta íngreme juncada de penedos, existia uma pedra grande na qual havia algumas pinturas rupestres. Depois que os membros da expedição terminaram de copiar os desenhos, passaram a escavar o abrigo formado embaixo da saliência da pedra. A escavação provocou um deslizamento de terra. Houve um choque terrível e um estrondo de pedras, de rochas e penedos enormes. Todo o vale ficou cheio de poeira. Depois, quando a poeira baixou e foi possível voltar ao trabalho, foram encontrados vestígios de cor numa parte da rocha que o deslizamento de terra expôs. Quando o lugar foi limpado, apareceu uma pintura (Ilustração 5). A parte de baixo mostrava um homem em pé com os braços erguidos diante de uma mulher aparentemente dormindo embaixo das raízes de uma árvore. Era uma representação da cerimônia da chuva descrita em *Mbila*, a cerimônia que se supunha ter ocorrido exatamente no ponto onde a pintura foi encontrada. A pintura deve ter ficado escondida durante muito tempo pelas árvores que cresceram no entulho que a havia coberto.

Em Unbowe, perto de Sinoya, havia outra versão da mesma história. Segundo essa versão, a moça não era estrangulada, e sim enterrada viva, e, quando o topo da árvore alcançava o céu, uma serpente arrastava-se para fora de seus galhos e mandava a chuva. Essa versão talvez explique a pintura rupestre encontrada mais tarde no distrito de Mandarellas (Ilustração 6).

Incidentalmente, na Rodésia do Sul, assim como em outras partes do sul da África, a serpente ainda é e sempre foi considerada um símbolo da chuva.

Cidade de Nova York.
Junho de 1937

Ilustração 5

Ilustração 6

NOTA

As histórias da primeira e segunda partes deste livro integram o primeiro, terceiro, sexto, oitavo e nono volumes da *Atlantis Series* de *Volksmärchen und Volksdichtungen Afrikas*, de Leo Frobenius, publicada para o Forschungsinstitut für Kulturmorphologie, Frankfurt, por Eugen Diederichs Verlag, Jena, 1921-1924. As histórias da terceira parte deste livro foram extraídas da obra *Erythräa*, de Frobenius, publicada para o Forschungsinstitut für Kulturmorphologie, Frankfurt, pela Atlantis Verlag, Berlim e Zurique, 1931. Algumas das histórias do *Chifre de ngona* foram impressas por James Laughlin.

A Génese Africana

Contos, mitos e lendas
da África

PARTE UM
OS BERBERES

LENDAS CABILAS DA CRIAÇÃO

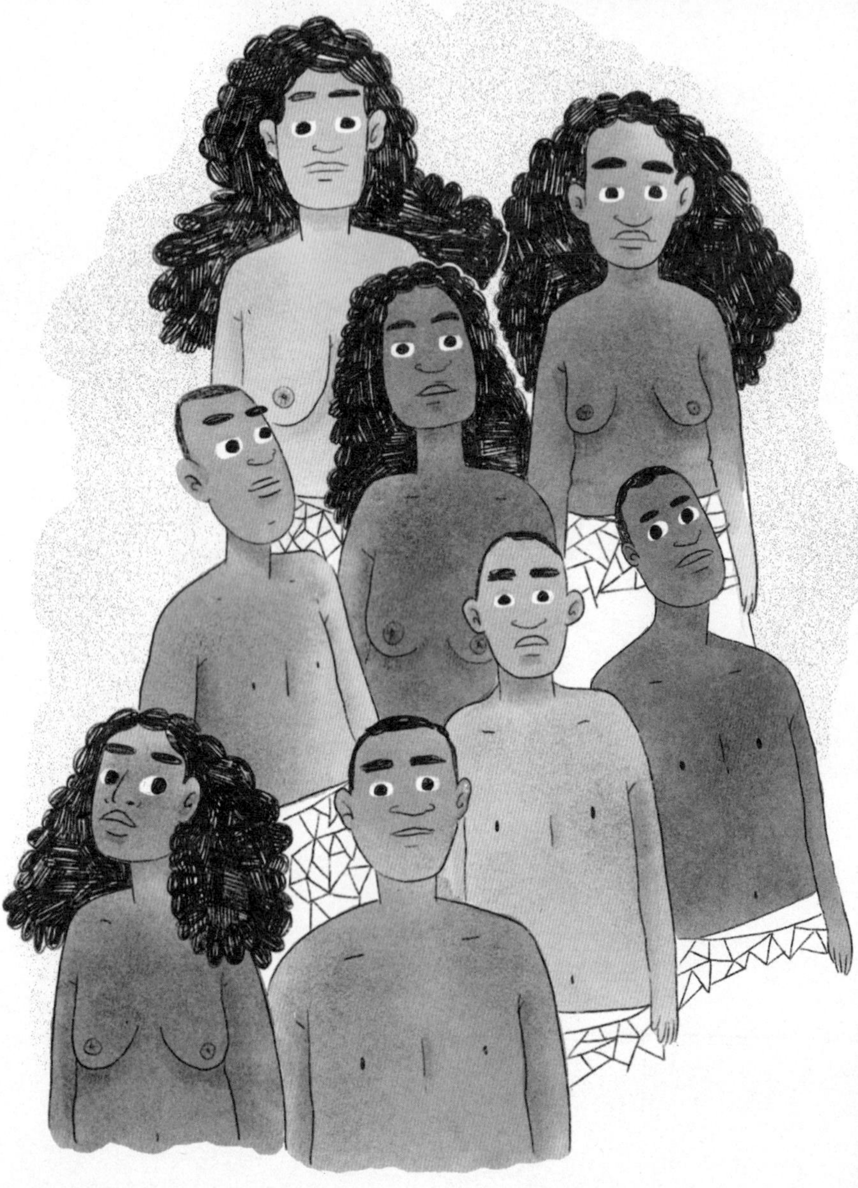

OS PRIMEIROS SERES HUMANOS, SEUS FILHOS E SUAS FILHAS AMAZONAS

No começo, havia apenas um homem e uma mulher, e eles não viviam sobre a terra, e sim embaixo dela. Foram as primeiras pessoas do mundo, e nenhuma delas sabia que a outra era de um sexo diferente. Certo dia, ambas foram ao poço beber água. O homem disse:

— Deixe-me beber.

E a mulher respondeu:

— Não, eu vou beber primeiro. Cheguei aqui primeiro. O homem tentou empurrá-la para o lado. Ela o golpeou.

Lutaram. O homem golpeou tanto a mulher, que esta caiu no chão. Sua roupa caiu. As coxas ficaram nuas.

O homem viu a mulher deitada, estranha e nua diante dele. Viu que ela tinha uma *taschunt*. Sentiu que tinha um *thabuscht*. Olhou para a *tashunt* e perguntou:

— Para que serve?

A mulher respondeu: — Ah, é bom!

O homem deitou-se sobre a mulher. Ficou deitado com ela durante oito dias.

Depois de nove meses a mulher pariu quatro filhas. E depois de mais nove meses, pariu quatro filhos. E depois teve mais quatro filhas e mais quatro filhos. Por fim, o homem e a mulher tinham cinquenta filhas e cinquenta filhos. O pai e a mãe não sabiam o que fazer com tantas crianças e, por isso, mandaram-nas embora.

As cinquenta moças partiram juntas para o norte. Os cinquenta rapazes partiram juntos para o leste. Depois que as moças estavam viajando para o norte há um ano, viram uma luz acima delas. Havia um buraco na parte de cima da terra. As moças viram o céu lá em cima e disseram:

— Por que ficar embaixo da terra se podemos subir até a superfície e ver o céu?

As moças subiram pelo buraco e chegaram à superfície da terra.

Os cinquenta rapazes também continuaram na sua rota por baixo da terra durante um ano, até que também chegaram a um lugar onde havia um buraco na crosta e viram o céu acima deles. Os jovens olharam para o céu e disseram:

— Por que ficar embaixo da terra se há um lugar de onde se pode ver o céu?

E subiram pelo buraco até a superfície.

Depois disso as cinquemta moças tomaram seu caminho sobre a superfície da terra e os rapazes tomaram o deles, e um grupo não sabia nada do outro.

Naquela época, todas as árvores, plantas e pedras sabiam falar. As cinquenta moças viram as plantas e perguntaram: — Quem fez vocês?

E elas responderam:
— Foi a terra.
As moças perguntaram à terra: — Quem fez você?
E a terra respondeu:
— Eu sempre estive aqui.
Durante a noite, as moças viram a lua e as estrelas e perguntaram:
— Quem fez vocês, que ficam tão altas acima de nós e das árvores? São vocês que nos dão a luz? Quem são vocês, estrelas grandes e pequenas? Quem as criou? Ou será que foram vocês que criaram todo o resto?
Todas as moças falaram e gritaram. Mas a lua e as estrelas estavam a tão grande altura que não puderam responder.

Área de pinturas rupestres cabilas

Os rapazes estavam perambulando pela mesma região e ouviram as cinquenta moças gritando. Disseram uns aos outros:

— Com certeza aqui existe gente como nós. Vamos lá ver quem são.

E partiram na direção de onde vinham os gritos.

Pouco antes de alcançarem o lugar, chegaram às margens de um grande rio. O rio ficava entre as cinquenta moças e os cinquenta rapazes. Mas estes nunca tinham visto um rio antes, e gritaram. As moças ouviram os gritos ao longe e vieram em sua direção. Chegaram à outra margem do rio, viram os cinquenta rapazes e perguntaram:

— Quem são vocês? O que estão gritando? Também são seres humanos?

Os cinquenta rapazes responderam:

— Sim, também somos seres humanos. Saímos de dentro da terra. E vocês, o que estão gritando aí?

As moças responderam:

— Nós também somos seres humanos e também saímos da terra. Gritamos perguntando à lua e às estrelas quem as fez, ou se foram elas que fizeram todo o resto.

Os cinquenta rapazes disseram ao rio:

— Você não é como nós. Não temos como pegá-lo e não podemos andar sobre você como andamos sobre a terra. O que é você? Como o atravessar para chegar ao outro lado?

O rio disse:

— Sou a água. Sou para tomarem banho e se lavarem. Sou para beber. Se quiserem chegar à outra margem, andem rio acima até o lugar em que a minha água fica rasa. Lá vocês vão conseguir me atravessar.

Os cinquenta rapazes subiram o rio, encontraram a parte mais rasa, atravessaram-no e chegaram à outra margem. Os cinquenta rapazes agora queriam se encontrar com as cinquenta moças, mas estas gritaram:

— Não cheguem muito perto de nós, que não queremos. Fiquem aí que nós vamos ficar aqui, deixando essa faixa de estepe entre nós.

E assim os cinquenta rapazes e as cinquenta moças continuaram seu caminho, guardando certa distância entre si, separados, mas viajando na mesma direção.

Certo dia, os cinquenta rapazes chegaram a uma nascente. As cinquenta moças também chegaram a uma nascente. Os rapazes disseram:

— O rio não disse que a água era para a gente se banhar?

Venham, vamos tomar banho!

As cinquenta moças tiraram a roupa, entraram na água e tomaram banho. Depois se sentaram ao lado da nascente e viram os rapazes a distância. Uma delas, que era ousada, disse:

— Venham comigo, vamos ver o que os outros seres humanos estão fazendo.

Duas outras responderam: — Vamos com você.

Mas as demais se recusaram a ir.

As três moças foram rastejando em meio aos arbustos até onde estavam os cinquenta rapazes. Duas delas pararam no meio do caminho. Só a ousada chegou, escondida pelos arbustos, até o lugar em que os rapazes estavam tomando banho. Através dos arbustos, a moça observou os rapazes, que tinham

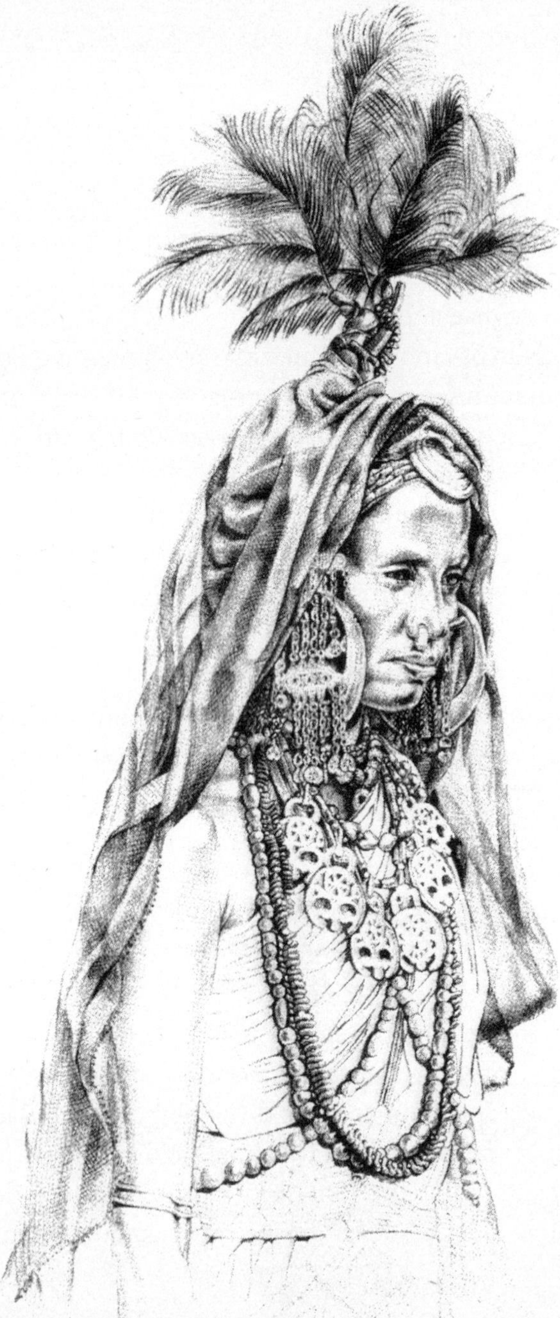

tirado a roupa. Estavam nus. A moça observou todos eles. Viu que não eram iguais às moças. Observou com a maior atenção. Enquanto os rapazes se vestiam de novo, a moça saiu furtivamente sem que ninguém a tivesse visto.

A moça voltou para a companhia das outras, que se reuniram à sua volta e perguntaram: — O que foi que você viu? A moça ousada respondeu:

— Venham, vamos tomar banho também; aí vou poder lhes dizer e mostrar o que vi.

As cinquenta moças tiraram a roupa e entraram na fonte.

A ousada disse:

— O pessoal de lá não é como nós. No lugar que temos seios, eles não têm nada. Onde está nossa taschunt, eles têm uma outra coisa. O cabelo deles não é longo como o nosso, é curto. E quando os vemos nus, o coração lateja e dá vontade de abraçá-los. Depois de os ver nus, nunca mais esquecemos.

As outras moças replicaram: — Você está mentindo.

Mas a moça ousada disse:

— Vão lá e vejam por si mesmas; vocês vão voltar sentindo o mesmo que eu.

As outras moças responderam: — Vamos retomar nossa viagem.

As cinquenta moças retomaram a viagem e o mesmo fizeram os cinquenta rapazes. Mas estes avançavam lentamente. As moças, por outro lado, fizeram um meio círculo, de modo que cruzaram o caminho dos rapazes. Acamparam bem perto uns dos outros.

Nesse dia, os rapazes disseram:

— Não vamos mais dormir sob o céu. Vamos construir casas. Alguns deles começaram a fazer buracos na terra. E dormiram nos buracos. Outros construíram passagens e quartos embaixo da terra, e lá dormiam. Mas alguns perguntaram: — O que estão fazendo aí, cavando a terra para construir casas? Não há pedras por aqui que possamos empilhar umas sobre as outras?

Os rapazes juntaram pedras e empilharam-nas umas sobre as outras, em camadas. Depois de construir as paredes, um deles saiu e começou a derrubar uma árvore. Mas a árvore gritou e disse:

— O que é isso, você vai me cortar? O que está fazendo? Está pensando que é mais velho que eu? O que acha que vai ganhar com isso?

O moço respondeu:

— Não sou mais velho que você, nem desejo ser presunçoso. Só quero cortar cinquenta de vocês, árvores, e pôr os troncos em cima de minha casa para fazer um telhado. Seus galhos e ramos, vou pôr dentro da casa para protegê-los da chuva.

A árvore respondeu: — Está certo.

Então ele cortou cinquenta árvores, pôs os troncos em cima da casa e cobriu-os de terra. Cortou os galhos e guardou-os dentro da casa. Alguns dos troncos mais largos ele pôs de pé na casa para sustentar o peso do teto. Quando os outros viram a bela casa que ele tinha construído, fizeram a mesma coisa. Entre os rapazes havia um que era selvagem, assim como entre as moças havia uma que era ousada e indomável. Esse rapaz selvagem não queria viver numa casa.

Preferia entrar furtivamente na casa dos outros e sair dela, também furtivamente, em busca de alguém que pudesse subjugar e devorar. Pois era tão selvagem, que só pensava em matar e devorar os demais.

As cinquenta moças estavam acampadas a certa distância. Observando, viram que os cinquenta rapazes tinham primeiramente cavado buracos e túneis na terra e que no fim haviam construído suas casas. Perguntaram umas às outras:

— O que esses seres humanos estão fazendo? O que estão fazendo com as pedras e as árvores?

A moça ousada respondeu:

— Vou lá outra vez. Vou rastejando até lá para ver o que esses outros seres humanos estão fazendo. Já os vi nus uma vez e quero vê-los de novo.

A moça ousada foi rastejando em meio aos arbustos até as casas. Chegou bem perto. Finalmente entrou numa das casas sem ser notada. A moça olhou ao redor e viu como era bela aquela casa. O rapaz selvagem também entrou na casa. Sentiu o cheiro da moça. Rugiu. A moça deu um grito e, saindo como uma flecha da casa, correu para o lugar em que as outras moças estavam acampadas.

Todos os rapazes ouviram a moça gritar e todos se levantaram de um salto e correram atrás dela. A moça corria e gritava entre os arbustos. As outras moças ouviram. Levantaram-se rapidamente e correram em sua direção para ajudá-la. Nos arbustos, as cinquenta moças e os cinquenta rapazes encontraram-se, cada moça com um rapaz. Lutaram nos arbustos, as moças com os rapazes. Até a moça ousada lutou com o rapaz selvagem nos arbustos.

Estava escuro nos arbustos e eles lutavam aos pares. Nenhum par conseguia ver o outro. As cinquenta moças eram fortes. Jogaram os cinquenta rapazes no chão e se lançaram sobre eles. E cada uma disse a si mesma:

— Por fim, agora vou ver se a moça ousada mentiu ou não. As moças seguraram os jovens entre as coxas. Encontraram o *thabuscht*. Quando o tocaram, ele inchou, e os rapazes ficaram quietos. Enquanto as moças sentiam o *thabuscht* dos jovens, o coração deles começou a latejar. As cinquenta moças tiraram a roupa e introduziram o *thabuscht* em sua *taschunt*. Os rapazes ficaram bem quietos. As cinquenta moças tiveram no início o domínio sobre os cinquenta rapazes. Depois os cinquenta rapazes ficaram mais ativos que as cinquenta moças.

Cada rapaz pegou a sua moça e levou-a para casa. Casaram-se. Quando chegaram a casa, os jovens disseram:

— Não está certo a mulher ficar por cima do homem. No futuro, queremos que o homem fique em cima da mulher. Assim nos tornaremos os seus senhores.

E, no futuro, dormiram da forma costumeira entre os cabilas de hoje.

Agora os rapazes estavam muito mais ativos que as moças e todos viveram felizes juntos, em meio a grande alegria. Só o rapaz selvagem e a moça ousada, que não tinham casa, perambulavam por ali em busca de outros para devorar. Os outros os acossaram e, quando os encontraram, bateram neles. Os dois selvagens disseram um ao outro:

— Devemos ser diferentes desses seres humanos para eles nos tratarem tão mal assim. Seria melhor sair do caminho deles. Vamos deixar este lugar e ir para a floresta.

Os dois selvagens partiram para a floresta, de onde, no futuro, só saíam para roubar crianças e devorá-las. A moça selvagem tornou-se a primeira *teriel* (bruxa) e o rapaz, o primeiro leão. Ambos viviam de carne humana. Os outros jovens, homens e mulheres, ficaram felizes por se livrarem dos canibais. Viviam felizes uns com os outros. Sua comida consistia de plantas, que eles arrancavam do chão.

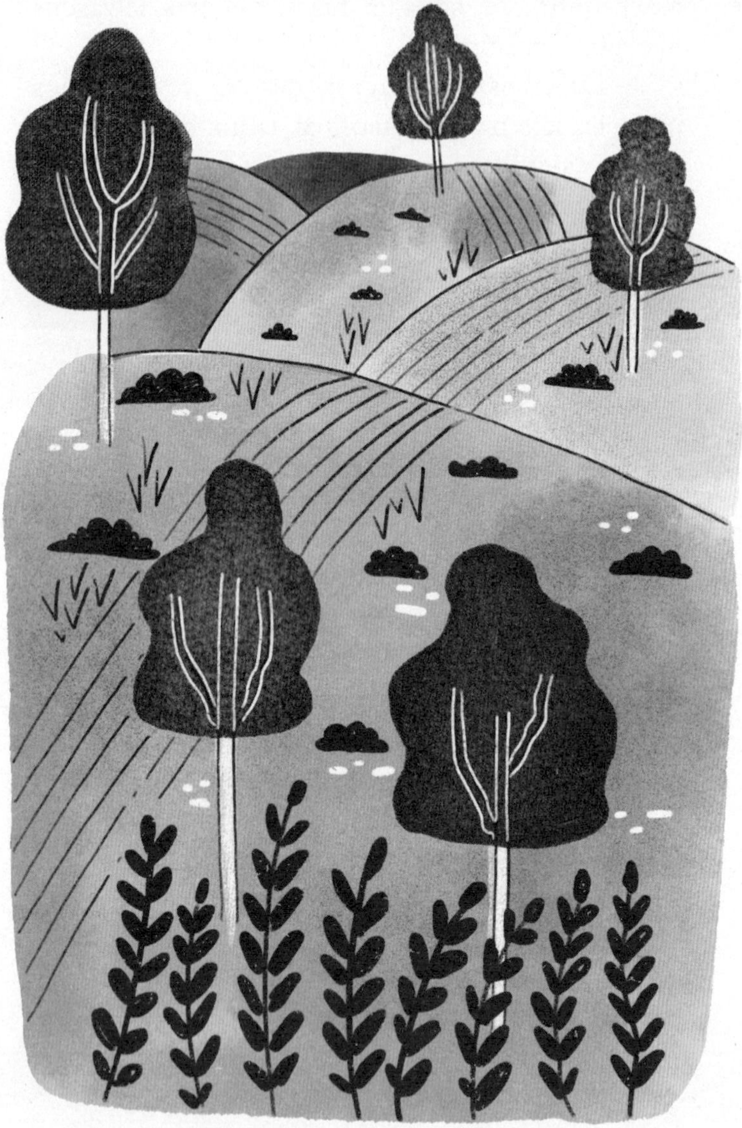

O SURGIMENTO DA AGRICULTURA

Enquanto isso, o primeiro homem e a primeira mulher perambulavam por baixo da terra. Certo dia encontraram uma grande pilha de painço num canto. Ao lado havia pilhas de cevada e trigo e sementes de todas as plantas comestíveis. Havia uma pilha de cada espécie num canto. O primeiro homem e a primeira mulher olharam para as sementes e perguntaram:

— O que significa isso?

Uma formiga vinha passando ao lado das pilhas de sementes. O primeiro homem e a primeira mulher viram a formiga. A formiga retirou um grão de trigo da palha. A formiga comeu o grão de trigo. O primeiro homem perguntou:

— O que a formiga está fazendo? A mulher disse:

— Mate-a! Mate essa criatura feia! O homem respondeu:

— Por que a mataria? Alguém a criou, exatamente como nos criou.

O homem não fez nada com a formiga, ao contrário: ficou observando o que ela fazia.

O primeiro homem disse à formiga:

— Diga-me o que está fazendo. Poderia me dizer algo a respeito do painço, da cevada e dessas outras sementes?

A formiga respondeu:

— Vou lhe perguntar uma coisa. Você conhece uma fonte, um riacho ou um rio?

O primeiro homem respondeu: — Não, só conhecemos o poço. A formiga disse:

— Então vocês sabem o que é água. A água existe para as pessoas poderem lavar o próprio corpo e as roupas. A água existe para podermos bebê-la. Também existe para as pessoas poderem cozinhar a sua comida. Todos esses cereais são bons para comer se forem cozidos em água. Agora venham comigo. Vou mostrar tudo a você e à primeira mulher.

A formiga levou os primeiros pais até seu buraco, que conduzia do subsolo à superfície, e disse:

— Esse é o meu caminho, venham comigo em meu caminho. A formiga conduziu os primeiros pais pela passagem e chegaram à superfície. Levou-os até um rio e disse:

— Aqui corre a água, nela vocês podem lavar seu corpo e suas roupas, podem também bebê-la. Essa é a água, com ela vocês podem cozinhar seu trigo depois de o ter moído.

A formiga levou os primeiros pais até um lugar onde havia pedras e disse:

— Essas são as pedras, com elas vocês podem moer o trigo para transformá-lo em farinha.

A formiga mostrou-lhes como pôr uma pedra em cima da outra e inserir uma vara para fazer girar a pedra superior. A formiga mostrou-lhes que o grão devia ficar entre as duas pedras. A formiga disse aos primeiros pais:

— Isso é um moinho caseiro. Com ele vocês podem moer o grão para transformá-lo em farinha.

A formiga ajudou os primeiros seres humanos a moer o trigo.

A formiga mostrou à primeira mulher como fazer uma massa com água e farinha e como trabalhar a massa. A formiga disse à primeira mulher:

— Agora você tem de acender uma fogueira.

A formiga pegou duas pedras do leito do rio e depois algumas plantas secas e disse:

— Esse aqui é um instrumento para fazer fogo.

A formiga acendeu o fogo friccionando as pedras e atirou madeira e galhos nele para alimentá-lo. A formiga disse à primeira mulher:

— Quando o fogo ficar grande e forte e depois se transformar numa pilha de cinza quente, você deve afastar as cinzas para um lado. No lugar quente que ficou você deve pôr seus bolos achatados de massa trabalhada. Cubra-os e jogue a cinza quente e as brasas incandescentes sobre eles. Depois de algum tempo, eles vão estar cozidos e vocês vão poder comê-los.

A primeira mulher seguiu as instruções da formiga. E, quando retirou as cinzas pela segunda vez, o pão estava assado. O primeiro homem e a primeira mulher comeram o pão e disseram:

— Agora estamos de barriga cheia.

O primeiro homem disse à mulher:

— Venha, vamos dar uma olhada na terra.

O primeiro homem e a primeira mulher levaram muita cevada e trigo consigo, assim como as pedras de moer, e saíram perambulando pela terra. No caminho perderam, aqui e ali, alguns grãos de trigo e cevada. A chuva caiu. Os grãos que tinham caído no chão enraizaram-se, cresceram e frutificaram. Os primeiros pais chegaram ao lugar onde os quarenta e nove rapazes tinham construído casas e onde viviam com as quarenta e nove moças, suas mulheres. Até então os quarenta e nove rapazes e as quarenta e nove moças só comiam plantas que arrancavam da terra. Os primeiros pais mostraram-lhes como fazer pão, do mesmo modo como tinham aprendido com a formiga. Os quarenta e nove rapazes e moças comeram pão pela primeira vez. Disseram a seus pais:

— Essa comida é muito boa. Gostaríamos de acompanhá-los até o lugar onde vocês encontraram a formiga e os cereais para pegar um pouco para nós.

Os primeiros pais voltaram com os quarenta e nove rapazes e suas esposas.

No caminho de volta, viram brotados dos grãos o trigo e a cevada que haviam perdido pelo caminho. Disseram:

— Esse é o mesmo grão que a formiga nos mostrou como cozinhar e comer.

Cavaram a terra e descobriram que cada uma daquelas plantas tinha brotado de um único grão. E disseram:

— Todo grão que caiu na terra produziu de vinte a trinta grãos. No futuro, vamos comer metade dos grãos e pôr a outra metade na terra.

E lançaram metade de seus grãos na terra. Mas era a estação da seca e o sol queimava. O trigo não cresceu. Esperaram muito, mas os cereais não brotaram. Por isso foram procurar a formiga e disseram:

— Quando deixamos cair alguns grãos da primeira vez, eles enraizaram e cresceram, e cada um deles produziu outros vinte a trinta grãos. Agora nós lançamos os grãos na terra outra vez e não apareceu nem um único talo. Qual é a razão?

A formiga respondeu:

— Vocês não escolheram a estação certa. Após uma longa temporada de calor, vocês precisam esperar até a chuva cair. Quando a terra estiver úmida, lancem as sementes no chão. Vai chover de novo e vocês terão uma safra abundante. Se jogarem seus grãos na terra na estação da seca, vão esturricar e vocês não vão colher nada, pois o grão ficará seco.

E os seres humanos disseram: — Ah! Então é assim que se faz!

Depois disso os homens fizeram o que a formiga lhes ensinou. Semearam metade de seus grãos depois que as primeiras chuvas caíram. Os grãos cresceram e cada talo produziu de vinte a trinta grãos. A outra metade dos grãos eles comeram.

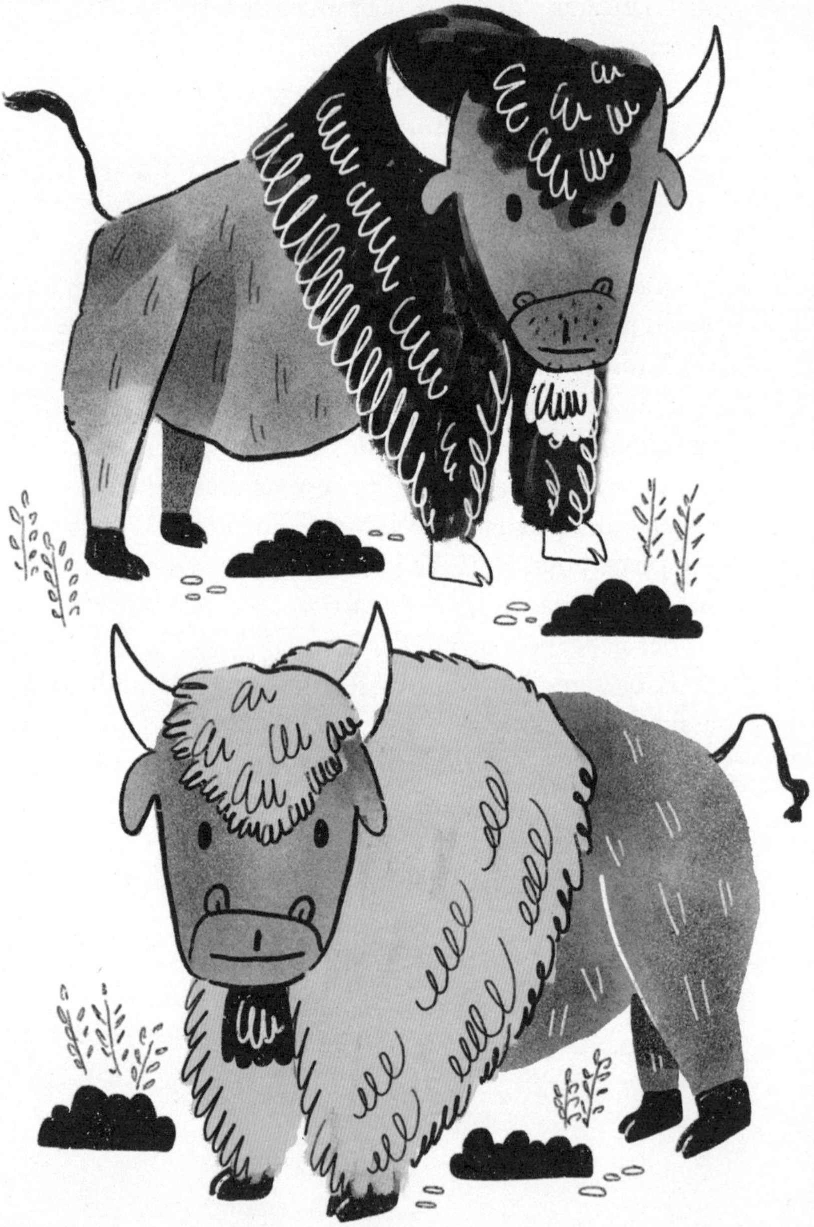

O PRIMEIRO BÚFALO E A ORIGEM DOS ANIMAIS DE CAÇA

No começo, havia na terra um búfalo selvagem, Itherther, e uma fêmea, Thamuatz. Ambos nasceram do espaço escuro que rodeia a terra, o espaço chamado Tlam. Ambos chegaram a um rio que corria para um vale e lá, saindo da correnteza e escalando uma rocha nas suas margens, chegaram à superfície da terra. Antes eles não conheciam nada que não fosse noite e escuridão. Enquanto subiam para ver o dia pela primeira vez, enxergaram a luz do mundo e seguiram-na, saindo do Tlam e da água. Correndo para lá e para cá, seguiram a luz do mundo. Itherther estava sempre perto da fêmea. Não se separaria dela de jeito nenhum. A búfala corria para lá e para cá, e Itherther a seguia.

Itherther e a sua fêmea quase congelaram. Sentiram o frio chegar a seu coração. Mas estavam tão felizes com o céu e a luz, que não tinham o menor desejo de voltar para a água, nem para o Tlam. Pois o mundo estava mais claro que qualquer outra coisa, e eles preferiam a luz à escuridão. E, por isso, ficaram no mundo.

Corriam por lá, Itherther sempre atrás da búfala. Durante sete dias o búfalo seguiu a búfala, e eles não sabiam o que era o dia e a noite. A búfala corria sempre em frente, e o búfalo a seguia. No sétimo dia, a búfala fez xixi. O búfalo olhou para o xixi da búfala e disse:

— Como isso é possível? A búfala faz xixi para trás. Mas eu faço xixi para a frente. Como isso é possível?

O búfalo também fez xixi e disse:

— Estou certo. Pois estou vendo que faço xixi para a frente.

O búfalo procurou a búfala e cheirou-a.

No sétimo dia, Thamuatz e Itherther dormiram. Thamuatz deitou-se na frente de Itherther. Itherther acordou e começou a cheirar Thamuatz. Itherther excitou-se, e Thamuatz também. Itherther começou a lamber Thamuatz. Depois de se excitarem um ao outro dessa forma, Itherther montou a búfala e cobriu-a, exatamente como um touro cobre uma vaca hoje. Isso se repetiu muitas vezes todos os dias, até que a búfala engravidou e finalmente pariu um filhote. Quando o jovem macho tinha um ano de idade, olhou para a mãe. Cheirou-a e sentiu desejo. Mas ela já estava prenha de novo e levava dentro de si uma novilha. E quando seu filho, o jovem búfalo, cheirou-a, ela o empurrou para o lado, como as vacas fazem até hoje quando estão prenhas. Empurrou o próprio filho e atacou-o com os chifres. O pequeno búfalo ficou com medo e fugiu.

Ele correu durante três anos, até que finalmente chegou ao país onde os quarenta e nove homens tinham construído suas casas, onde viviam com suas mulheres.

Tinham tido filhos àquela altura e seus filhos também tinham tido filhos, de modo que havia muitas aldeias e pequenas propriedades por ali. As pessoas viram o búfalo pela primeira vez na vida e começaram a correr atrás dele, tentando pegá-lo. Os velhos foram logo procurar a formiga e perguntaram-lhe:

— Que tipo de criatura é essa que corre pelo mundo com seus chifres?

A formiga respondeu:

— Esse animal se chama Achimi. Achimi é o filho da búfala.

Os seres humanos perguntaram:

— O que é isso? O filho da búfala? Não há búfala nenhuma.

A formiga respondeu:

— Há uma búfala, sim.

E as pessoas perguntaram:

— Mas o que é uma búfala?

A formiga respondeu:

— É uma fêmea, assim como a mulher é uma fêmea.

Também tem mamas. Mas enquanto a mulher tem duas pernas e dois braços, a búfala tem quatro pernas. As duas pernas da frente são curtas e as duas de trás são compridas. E enquanto a mulher tem mamas na frente do corpo, a búfala tem mamas entre as coxas de suas pernas traseiras. As mamas são grandes. E enquanto a mulher só tem duas mamas e duas tetas, as búfalas têm duas mamas e quatro ou seis tetas. Se tiver só quatro, então todas as quatro são grandes. Se tiver seis, então quatro são grandes e duas são pequenas. A carne de búfalo é boa para comer. Com o tempo vocês vão descobrir mais animais cuja carne vocês poderão saborear.

As pessoas correram atrás do jovem búfalo e tentaram pegá-lo. O búfalo deu a volta e atacou-as com seus chifres.

A formiga disse aos seres humanos:

— Vocês só conseguem pegar esses animais antes de eles terem chifres.

Mas as pessoas continuaram tentando pegar o búfalo, que foi ficando cada vez mais enraivecido. Disse a si mesmo:

— Para que tipo de país bárbaro eu vim? Nunca vi nada parecido em casa. Vou voltar para a terra de meus pais.

E então o búfalo mudou de direção e correu de volta ao país de onde tinha vindo. Correu para o lugar onde sua mãe o havia parido.

No caminho para a terra de seus pais, o búfalo encontrou a formiga, que lhe disse:

— Vou lhe explicar o mundo. Vou lhe explicar tudo. O búfalo perguntou:

— O que você sabe, então? A formiga disse:

— Filho da búfala, você vai viver de três a cinco anos, mas nunca mais do que sete.

O búfalo perguntou:

— Os animais todos não vivem mais?

A formiga respondeu:

— Sim, alguns animais vivem mais. Existem pessoas que vivem cento e vinte anos, mas têm de trabalhar. Se você não quiser trabalhar, pode ter uma vida longa, como seu pai, Itherther. Mas tem de se contentar com má alimentação e tem de aceitar ficar sem abrigo durante o mau tempo. Tem de lutar com animais selvagens que cruzam o seu caminho, e não vai ter nenhuma proteção. Se conseguir viver desse jeito, vai ter uma vida longa. Mas, se procurar o homem, vai ser adorado sobre todas as outras criaturas. O homem vai lhe dar casa e comida, e você não vai ter nada a temer dos animais selvagens, nem do mau tempo. Mas só vai viver três, cinco ou sete anos, não mais.

O búfalo replicou:

— Prefiro viver muito e sem a proteção do homem. Tem algo mais a me dizer?

A formiga respondeu:

— O que tenho a lhe dizer é que, em uma coisa, você é diferente de todos os outros animais, que você e toda a sua espécie têm uma vantagem que os outros não têm. Vá para casa. Em sua ausência sua mãe teve mais um filhote, só que do sexo feminino, uma Thamuatz. Você tem o que os outros animais não têm: o direito de cobrir sua mãe e sua irmã.

O búfalo chegou à terra de seus pais. Encontrou sua mãe, a búfala. Ao lado dela estava sua filha. O jovem búfalo correu até sua mãe e cobriu-a. O jovem búfalo correu até sua jovem irmã e cobriu-a. Mas ela era jovem e assim que seu irmão a cobriu, ela deitou-se. É por esse motivo que hoje todas as fêmeas de búfalo se deitam quando os machos as cobrem; tanto as grandes quanto as pequenas se deitam no chão depois que são cobertas.

O búfalo Itherther ficou furioso quando viu que seu filho tinha coberto sua fêmea e a filha. Desafiou-o. Lutou com o jovem búfalo, seu filho. Mas o jovem búfalo, seu filho, era mais forte do que ele. Atirou Itherther, seu pai, para um lado. Itherther fugiu. Correu para a floresta. Ficou longe das fêmeas e do búfalo, seu filho.

Itherther correu para as montanhas rochosas, entre as grandes pedras perto de Häithar.[1]

Itherther contornou as rochas perto de Häithar. Ali Itherther Mskin estava sozinho. Não conseguia esquecer sua fêmea. Seu sêmen só fazia aumentar dentro dele. Não sabia o que fazer. Certo dia, perto de Häithar, viu uma rocha achatada que tinha uma depressão. Parecia uma tigela. E então, quando Itherther não conseguiu mais se controlar, foi até a depressão e deixou seu sêmen cair dentro dela. Toda vez que a lembrança de Thamuatz o atormentava e ele não conseguia mais se conter, deixava o sêmen

---

[1] Trata-se de uma parte de Djurdjura acima de Mizane, no território beni burardan. Fica a quatro ou cinco quilômetros de Mizane, bem no alto, e ali há neve no inverno. O lugar é chamado de Wuahäithar. O búfalo é cultuado ali, hoje em dia, como um ser antropomórfico chamado Itherther Mskin. Nas proximidades há um grande número de desenhos antigos de búfalos e homens entalhados na rocha, bem como escritos mais recentes em árabe. Ali se veem os traços do búfalo antropomórfico na rocha. E ali, na rocha, há uma casa de pedra com uma porta e uma janela, na verdade uma caverna. Só os puros de coração ousam ir até lá. E é ali que as pessoas que estão com problemas fazem seus sacrifícios. Mães estéreis fazem sacrifícios para ter filhos, principalmente filhos homens. Ali são feitos sacrifícios quando não chove. E ali se reza por uma boa safra. É um lugar sagrado, e os cabilas, quando estão em grandes apuros, sempre vão até lá.

cair na depressão, de modo que ela foi se enchendo. Estava quase inteiramente cheia. O sol brilhava com todo o seu esplendor sobre Häithar e sobre a depressão. Itherther Mskin desceu para o vale fresco. A depressão com o sêmen de Itherther Mskin ficou sozinha ao sol.

Itherther Mskin ficou cinco meses no vale. Depois voltou. Voltou para Häithar, Um par de gazelas tinha nascido do sêmen depositado na depressão. E havia outros animais, sete pares ao todo, sempre um macho e uma fêmea. E todos esses animais nasceram do sêmen que Itherther Mskin tinha deixado cair na depressão da pedra.

Os animais não sabiam o que fazer. Itherther Mskin alimentou-os com erva daninha e raízes silvestres. No começo, as gazelas e as outras criaturas selvagens eram muito pequenas e não conseguiam correr. Mas Itherther alimentou-as tão bem que logo elas corriam por toda parte e procuravam sua própria comida.

Quando os sete pares de animais selvagens ficaram adultos, Itherther chamou-os e disse:

— Cada um de vocês é um macho ou uma fêmea. E devem fazer como eu, em minha época, fiz com a búfala. Se fizerem isso, vão ter filhos e se multiplicar.

Os animais seguiram os conselhos do búfalo, e logo seu número ficou grande. Multiplicaram-se cada vez mais e transformaram-se nas criaturas que encontramos hoje na floresta e na estepe.

Só o leão teve uma origem diferente. O leão foi um dia um homem canibal (Ihebill). Mas o gato é filho do leão. Foi assim que os animais selvagens surgiram na terra.

A depressão em que Itherther depositou suas sementes ainda existe hoje em Häithar. E, antigamente, os cabilas lhe faziam sacrifícios antes de sair para caçar.

O PRIMEIRO GADO DOMÉSTICO

Enquanto isso, o jovem búfalo, depois de afugentar Itherther Mskin, cobrira frequentemente a mãe e a irmã e tinha produzido um grande número de filhotes, machos e fêmeas. O jovem búfalo tinha se tornado um búfalo muito velho, e dos três nascera todo um rebanho. O rebanho pastava onde podia. O rebanho vivia nas vastidões agrestes e multiplicava-se.

Mas, certo dia, caiu a primeira neve. Nevou durante sete dias e sete noites. A neve cobriu todas as árvores e plantas. A neve cobriu a terra inteira. Quando as fêmeas e os machos queriam se deitar, deitavam-se na neve fria. Quando queriam comer, não encontravam nada, pois a neve cobrira tudo. Os animais de ambos os sexos sentiram muito frio e fome.

E então o velho búfalo pensou no que a formiga lhe dissera em seu encontro, depois que ele abandonara o homem e estava a caminho do lugar onde seus pais viviam. O búfalo, jovem naquela época e agora velho, disse:

— A formiga tinha razão. É melhor viver pouco ao lado do homem, sendo adorado e reconfortado,

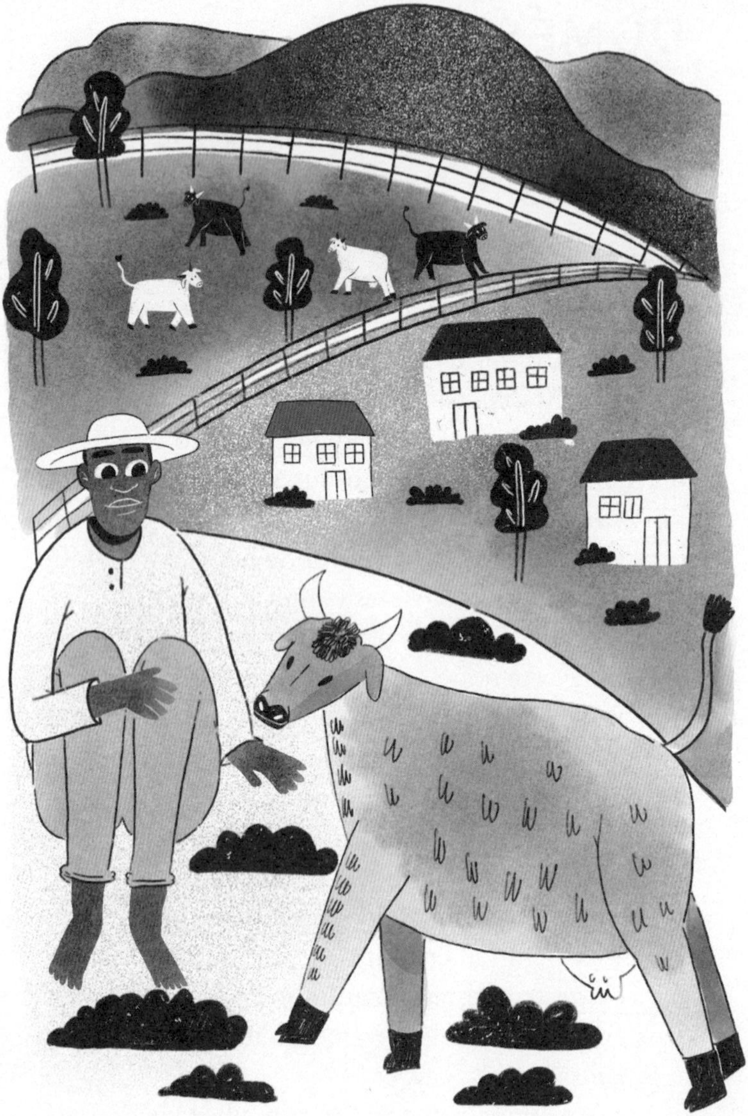

do que viver muito e morrer miseravelmente aqui nesses ermos.

Os búfalos e as búfalas sentiram um frio tremendo. O búfalo, que já fora jovem e agora estava velho, disse:

— Venham comigo, vamos para a terra do homem. O homem vai nos dar comida e um abrigo quente. Não queremos congelar e morrer de fome.

O velho búfalo levou o rebanho para a terra do homem.

Sentiu o cheiro do calor e da fumaça. Os outros animais o seguiram. Chegaram às aldeias do homem. Entraram nas casas. Em uma casa entraram três; em outra, cinco; em outra, sete deles. As pessoas trouxeram grama e feno para eles. Trouxeram água. Os animais aqueceram-se, encheram a barriga e sentiram-se felizes. Foi assim que o gado chegou às mãos do homem.

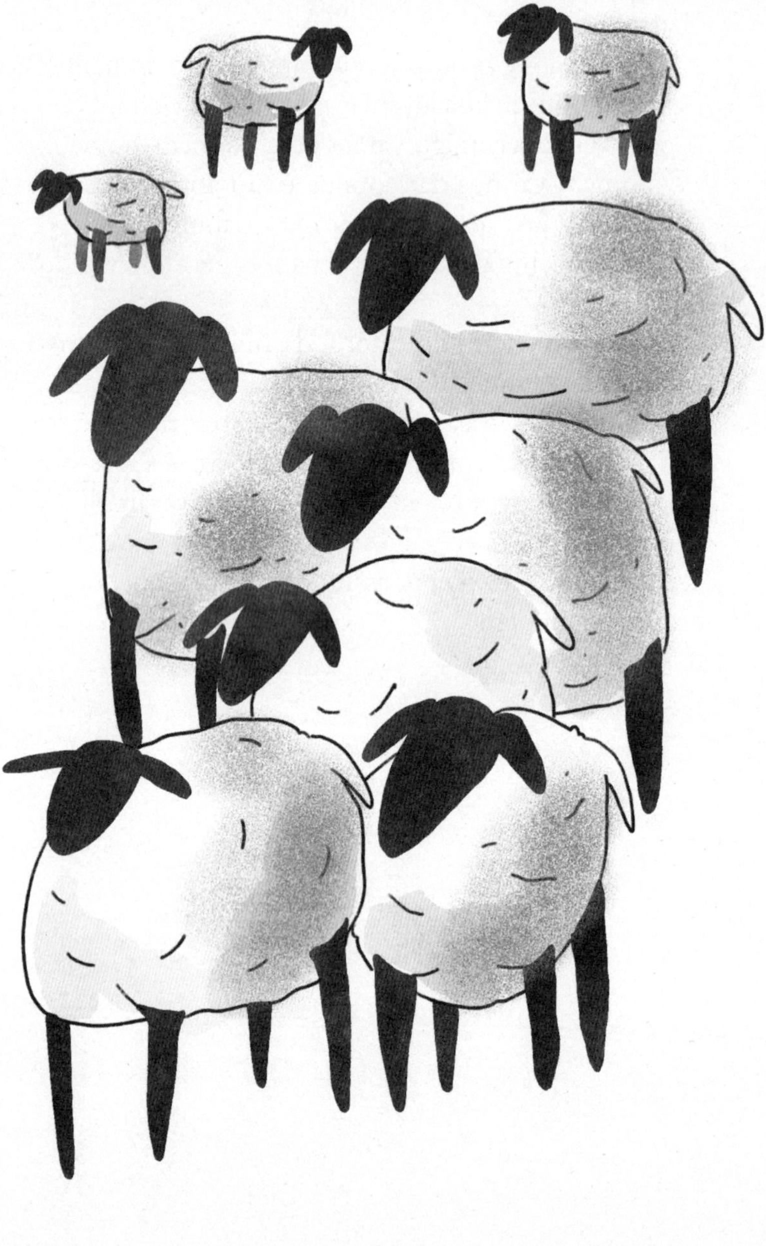

AS PRIMEIRAS OVELHAS E CARNEIROS E A ARTICULAÇÃO DO ANO

Um dia, a primeira mãe do homem moeu o trigo com seu moinho, misturou a farinha com água e na hora T-rá (entre 9h e 9h30) moldou a massa na forma de uma ovelha. As mãos da primeira mãe da humanidade estavam sujas da fuligem das panelas. Por esse motivo, a cabeça da criatura que ela moldou era negra, mas o corpo, a garganta e as pernas eram brancos. Ela pôs a massa em forma de ovelha em cima das palhas que estavam ao lado do moinho. As palhas eram cascas de cevada. As palhas grudaram no animal de massa e depois se transformaram em lã.

No dia seguinte, a primeira mãe do mundo fez massa com farinha e água e moldou um animal com a forma de um carneiro. Deu-lhe chifres. Mas os chifres não apontavam para cima de modo que o animal pudesse ferir as pessoas. Ela torceu os chifres e as orelhas como se fossem caracóis, um virado para um lado, o outro para o outro. Quando ela pôs o carneiro em cima das palhas, ele emitiu um som: "Béé, béé, béé". O carneirinho que ela tinha feito na véspera tinha ganhado vida e agora balia em cima das palhas. A primeira mãe do mundo disse:

— O que é isso? O primeiro carneiro que eu fiz de massa consegue se fazer ouvir tanto quanto eu. Vou lhe dar um pouco da minha comida.

E então a primeira mãe do mundo pôs o carneiro negro na palha ao lado da ovelha e deu-lhes um pouco de seu cuscuz para comerem.

No terceiro dia, a primeira mãe do mundo fez outra ovelha de massa, dessa vez toda branca. No quarto dia, a mãe do mundo fez outro carneiro. E ele também era todo branco. No quinto dia, os quatro animais vivos estavam em cima da palha. Uma das ovelhas tinha a cabeça negra, mas o resto do corpo era branco. A outra ovelha era toda branca. Os outros dois animais eram machos, um preto e um branco. Depois que a primeira mãe do mundo fez os animais, disse ao primeiro pai do mundo:

— Já chega.

Depois disso, não fez mais ovelhas nem carneiros.

A primeira mãe do mundo manteve os quatro animais em sua casa e alimentou-os. Os quatro cresceram e começaram a balir. As pessoas que viviam nas vizinhanças ouviram os balidos. Vieram e perguntaram:

— O que é isso que você tem aí na sua casa? O que é que faz esse barulho?

A primeira mãe do mundo disse:

— Não é nada. Não tem a menor importância. Não é nada que vocês também não tenham. É só o meu pão que está berrando.

Mas a primeira mãe do mundo deu muito cuscuz e outras comidas suas aos animais, de modo que eles cresceram rapidamente e ficaram adultos.

Certo dia, quando os animais já eram adultos, correram para a porta. Abriram-na um pouquinho e olharam para fora. Lá, ao ar livre, viram a grama. Correram para fora e comeram a grama. Comeram toda a grama que havia por ali e depois começaram a pastar mais longe.

Os vizinhos viram as ovelhas e os carneiros, procuraram a primeira mãe do mundo e disseram:

— Temos gado, touros e vacas. Esses nós conhecemos. Mas que animais são aqueles? Como foi que os conseguiu?

A primeira mãe do mundo não queria dizer que ela tinha feito os animais, e respondeu:

— Os animais chegaram até aqui à noite. Recebi-os com bondade e eles ficaram comigo. Esses animais foram criados da mesma forma que os seres humanos, da mesma forma que vocês e eu.

Os vizinhos foram embora. Procuraram a formiga e perguntaram-lhe:

— Que animais são aqueles? Como foram criados? Quem os fez? Para que servem?

A formiga respondeu:

— Aquelas criaturas são ovelhas e carneiros, e o homem deve cuidar bem delas. São boas para comer. Seu pelo é lã, com o qual as mulheres podem tecer albornozes. Também são para as festas. Sem ovelhas e carneiros não podemos celebrar as grandes festas. Essas festas são diferenciadas exatamente de acordo com o mês do ano. Há doze meses no ano, e todo mês tem trinta dias. Todo dia tem um período de claridade e um período de escuridão. Nesses momentos é que os festivais são celebrados.

As pessoas perguntaram:

— Que festivais devemos celebrar?

A formiga respondeu:

— Um dos festivais é o *Lääid thamthiend* (em julho). Mata-se gado e cinco ou seis carneiros em todas as aldeias. Todo homem que tiver uma esposa põe o seu *debus* no chão (o *debus* é um porrete ou clava de guerra), e, depois que a comida for dividida, ele deve dar a seu porrete a mesma quantidade que recebeu. O segundo festival é o *Lääid thamkorand* (em outubro). Nessa festa, todo homem casado tem de matar um carneiro e colocar os filhos em cima dele para que sejam saudáveis e fortes. Um quarto dianteiro, o estômago, uma orelha e um olho do carneiro morto devem ser secados ao sol, salgados e depois guardados durante um mês e dez dias para o próximo festival. Esse terceiro festival é o *Thaschurt*, durante o qual comem-se as partes secas e salgadas do carneiro. Esse é o festival do tremor e do medo. Aquele que, nos primeiros três dias desse período, cortar madeira, ou trabalhar nos campos ou executar qualquer outro tipo de trabalho, vai ter convulsões e morrer. As mulheres devem preparar com antecedência toda a comida desse festival. O quarto festival é o *Mulud*, três meses depois (fevereiro). Toda aldeia deve comprar gado e matar os animais. Todo homem deve pôr o seu *debus* no chão e pegar para sua família a porção que foi dada ao *debus*. Todos os lugares santos são iluminados por tochas à noite antes do grande banquete. Esses são os festivais. E agora que vocês têm carneiros e ovelhas, podem saboreá-los. Portanto, devem cuidar muito bem desses animais.

As pessoas fizeram mais perguntas à formiga:

— Mas como os carneiros e ovelhas são feitos? Como devemos cuidar deles para celebrar os festivais?

A formiga disse:

— Procurem a primeira mãe do mundo. Mas, quando comprarem algo, tomem o cuidado de pagá-lo com o mesmo material com o qual a coisa comprada é feita. Agora vão e conversem com a primeira mãe do mundo.

As pessoas voltaram à casa da primeira mãe do mundo e disseram-lhe:

— Conte-nos como os carneiros e ovelhas foram feitos e lhe daremos aquilo com o que você os fez.

A primeira mãe do mundo disse:

— Moam a cevada até ela virar farinha em seus moinhos, façam uma massa com água e deem a ela a forma de ovelhas e carneiros. Ponham a massa na forma desses animais em cima da palha. Foi assim que fiz os meus. Talvez vocês consigam fazer também.

As pessoas foram para casa e tentaram. Mas a primeira mãe do homem era uma feiticeira. Era a única feiticeira daquela época, e as feiticeiras que vieram depois nunca conseguiram fazer o que a primeira mãe do mundo fez.

Enquanto isso, os carneiros cobriram as ovelhas, que ficaram prenhas. Todo ano cada ovelha tinha dois filhotes. Os carneiros e ovelhas multiplicaram-se rapidamente. As pessoas viram isso e foram procurar a primeira mãe do mundo, e disseram:

— Você fez os animais com farinha de cevada. A formiga nos disse para pagar tudo com aquilo de que são feitos. Portanto, se você concordar, nós lhe daremos cevada em troca dos carneiros e ovelhas.

E assim a humanidade comprou carneiros e ovelhas da primeira mãe do mundo. Depois disso, todas as outras pessoas passaram a comprar o que os outros faziam com o material de que era feito. Pois naquela época não havia dinheiro.

Foi assim que a humanidade obteve seus carneiros e ovelhas e pôde celebrar seus festivais.

O primeiro carneiro que a mãe do mundo fez não morreu, como os outros animais. Certo dia, correu para o alto das montanhas, para tão alto que bateu a cabeça no sol nascente. O sol pegou-o e levou-o embora.

Antigamente podia-se ver uma pintura do carneiro logo acima de Häithar. Diante dele havia um homem perguntando, como os outros homens, qual era o momento certo para plantar e colher. Só uma parte desta pintura pode ser vista agora, pois, quando o grande gelo se abateu sobre a terra, não prejudicou só a mãe do mundo, mas também as rochas. E todo ano o gelo arranca mais um pedacinho da pintura do primeiro carneiro.

CONTOS FOLCLÓRICOS DO POVO CABILA

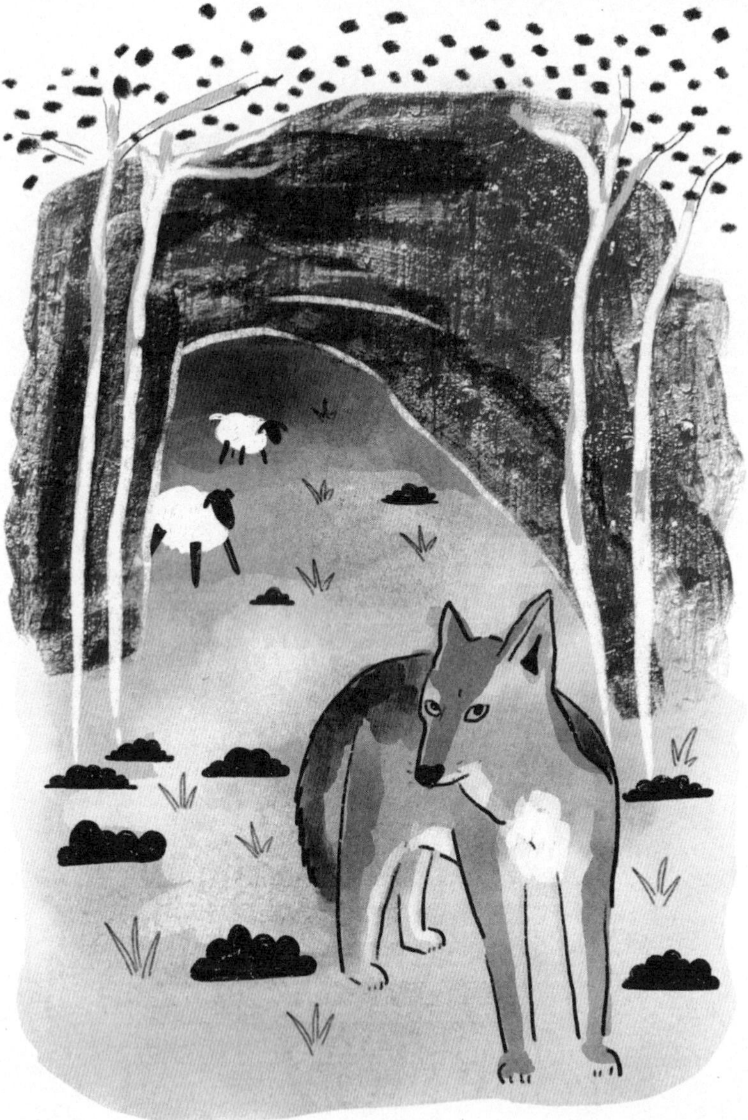

O CHACAL E
OS CORDEIRINHOS

Uma ovelha teve dois cordeirinhos numa gruta que lhe servia de casa. Todo dia a ovelha ia para o pasto, comia e depois cortava a grama e a levava para casa entre os chifres. Quando chegava à gruta, ela batia na porta e dizia:

— O pote entre as pernas (a teta) e o feno entre os chifres! — Essa frase era a senha.

Quando os cordeirinhos a ouviam, sabiam que a mãe estava do lado de fora. E então abriam a porta, e a mãe entrava carregando o feno entre os chifres.

A ovelha disse muitas vezes a seus filhos:

— Vocês nunca devem abrir a porta para ninguém além de mim. Vocês podem me reconhecer pelo que digo e pela minha voz.

Os jovens cordeirinhos prometeram obedecer.

Certo dia, a ovelha chegou em casa como de costume, com o feixe de feno nos chifres, bateu na porta da gruta e disse:

— O pote entre as pernas e o feno entre os chifres.

Os cordeirinhos abriram a porta. Nas proximidades, escondido atrás de um arbusto, estava um chacal. Ouviu o que a ovelha disse e falou consigo mesmo:

— Puxa, que bela refeição para mim. Vou visitar esses cordeirinhos amanhã.

No dia seguinte, o chacal foi até a gruta, bateu na porta e disse:

— O pote entre as pernas e o feno entre os chifres.

Os dois cordeirinhos ouviram essas palavras e perceberam que a voz era diferente. E disseram um ao outro:

— Não é a nossa mãe. É melhor não abrir a porta. Correram até a porta e gritaram para o chacal:

— Não conhecemos sua voz e não vamos abrir a porta. O chacal foi embora.

O chacal procurou um homem sábio e perguntou:

— O que fazer para ter uma voz suave como a de uma ovelha?

O sábio respondeu:

— Deite-se em cima de um formigueiro. Deixe as formigas correrem para dentro e para fora de sua boca. As formigas vão comer parte de sua garganta, e ela vai ficar bem pequena, como a de uma ovelha.

O chacal agradeceu e foi embora.

O chacal foi correndo até um formigueiro. Deitou-se em cima dele. As formigas entravam correndo na sua boca e dela saíam, também correndo, e comeram parte de sua garganta, que ficou pequena como a de uma ovelha. Sua voz ficou suave. Quando a noite estava caindo, o chacal foi novamente até a gruta onde os cordeirinhos estavam, bateu à porta e disse:

— O pote entre as pernas e o feno entre os chifres.

Os jovens cordeirinhos ouviram-no e disseram um ao outro: — É a voz de nossa mãe.

Correram até a porta e abriram-na. O chacal entrou. Devorou os dois cordeiros e depois fugiu para a floresta. Quando a ovelha chegou em casa, encontrou a porta aberta. Não encontrou nenhum dos filhotes. E disse:

— Deve ter sido o chacal.

A ovelha foi para o pasto como de costume e começou a comer. Cortou a grama e fez um feixe que colocou entre os chifres. À noite chegou em casa com seu feixe de feno entre os chifres. Um dia, viu o chacal. Imediatamente atirou o feixe de feno em cima do chacal, que ficou enterrado embaixo dele. A ovelha sentou-se em cima do feno. Depois chamou o pastor. O pastor veio. A ovelha disse:

— Aqui embaixo está o chacal que matou meus cordeirinhos. O pastor pegou seu cajado e o matou à pancada.

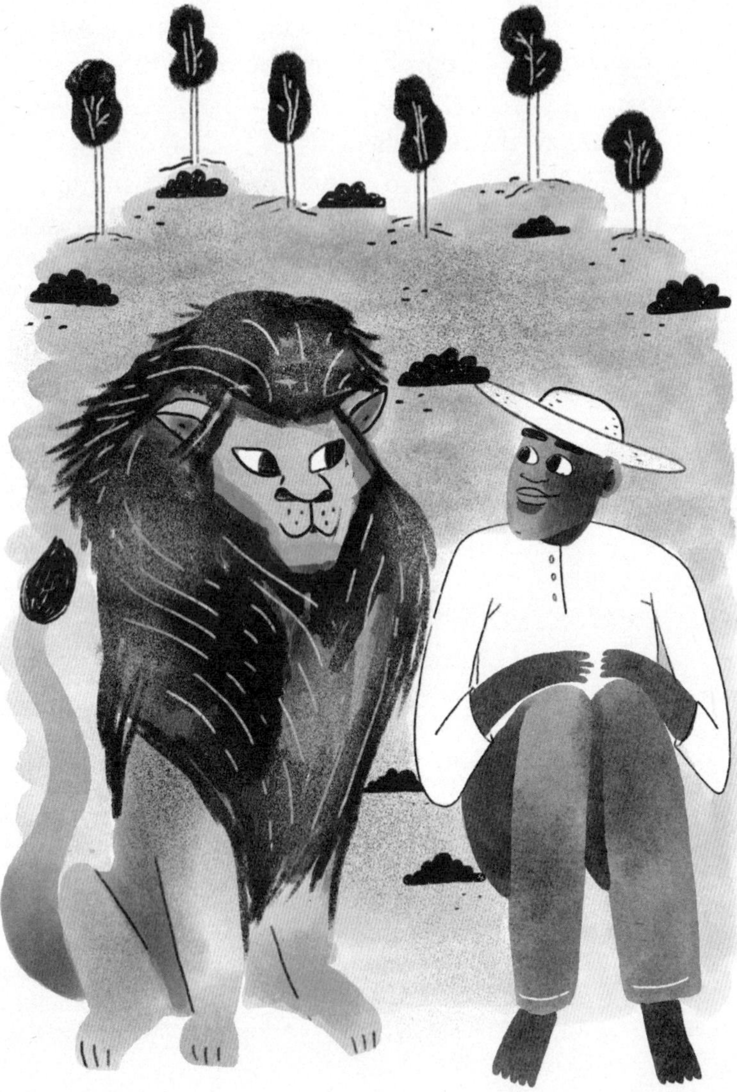

O LEÃO E O HOMEM

A leoa teve um filhote. Logo depois do nascimento, o leãozinho disse:
— Não existe ninguém mais forte que eu. A leoa disse:
— Não, existem outros mais fortes que você.
Mas o jovem leãozinho continuou firme e repetiu muitas e muitas vezes:
— Não existe ninguém mais forte que eu.
Cresceu e transformou-se num leão grande e forte, e sempre dizia:
— Não existe ninguém mais forte que eu. Quando já estava adulto, a leoa disse-lhe:
— Agora você está grande, pode ir para a floresta.
O jovem leão entrou na floresta. Atacou os outros animais e matou-os. Atacou até animais grandes e matou-os. Matou um boi. Matou um camelo. Certo dia, encontrou-se com um lenhador na floresta.
O leão aproximou-se do lenhador e disse:
— Não existe ninguém mais forte que eu. Por que, então, você entrou na minha floresta? Vou devorá-lo.

O lenhador tinha acabado de enfiar uma cunha num tronco de árvore, abrindo uma rachadura profunda na madeira. E disse ao leão:

— Já que você é tão forte, poderia me ajudar primeiro a derrubar esse tronco de árvore; depois você pode me devorar a seu bel-prazer.

O leão disse:

— Está muito bem. Quero lhe mostrar como sou forte. O leão pôs a pata na rachadura. O lenhador tirou a cunha.

Os dois lados da rachadura juntaram-se e a pata do leão ficou presa entre eles. O lenhador pegou seu porrete e espancou o leão.

O leão perguntou:

— Como é que você se chama? O lenhador respondeu:

— Sou chamado de filho da mulher. O leão disse:

— Solte-me que eu juro que nunca vou devorar os filhos das mulheres, desde que sejam corajosos.

O lenhador recusou-se a soltar o leão, que disse:

— Não vou tocar os filhos das mulheres enquanto estiverem vivos.

Ao ouvir isso, o lenhador introduziu novamente a cunha na rachadura, e esta reabriu. O leão tirou sua pata e voltou para casa.

O jovem leão voltou para casa mancando. A leoa olhou para o filho e riu, depois perguntou: — Veja só, o que aconteceu?

O jovem leão respondeu:

— Levei muitos golpes.

A leoa perguntou:

— Você fez alguma promessa? O jovem leão respondeu:

— Jurei não tocar os filhos das mulheres enquanto estiverem vivos. Na verdade, enquanto não estiverem mortos.

Durante o inverno, o lenhador levou seus carneiros e ovelhas para perto da orla da floresta. Certo dia, dois leões saíram da floresta e atacaram o homem, derrubaram-no e queriam devorá-lo. Mas o jovem leão também saiu da floresta, tocou o homem com sua pata e perguntou:

— Você não é o filho da mulher? O lenhador respondeu:

— Sim, sou o filho da mulher. Sou aquele que você queria matar no último verão. Sou aquele que lhe deu a liberdade.

O jovem leão atacou os outros dois leões. Um deles ele matou. Mas o outro era mais forte que ele. Por isso o lenhador pegou seu machado e matou o leãozão.

Desde essa época o homem e o jovem leão tornaram-se bons amigos. Quando o leão ficava com fome, o homem dava-lhe um carneiro.

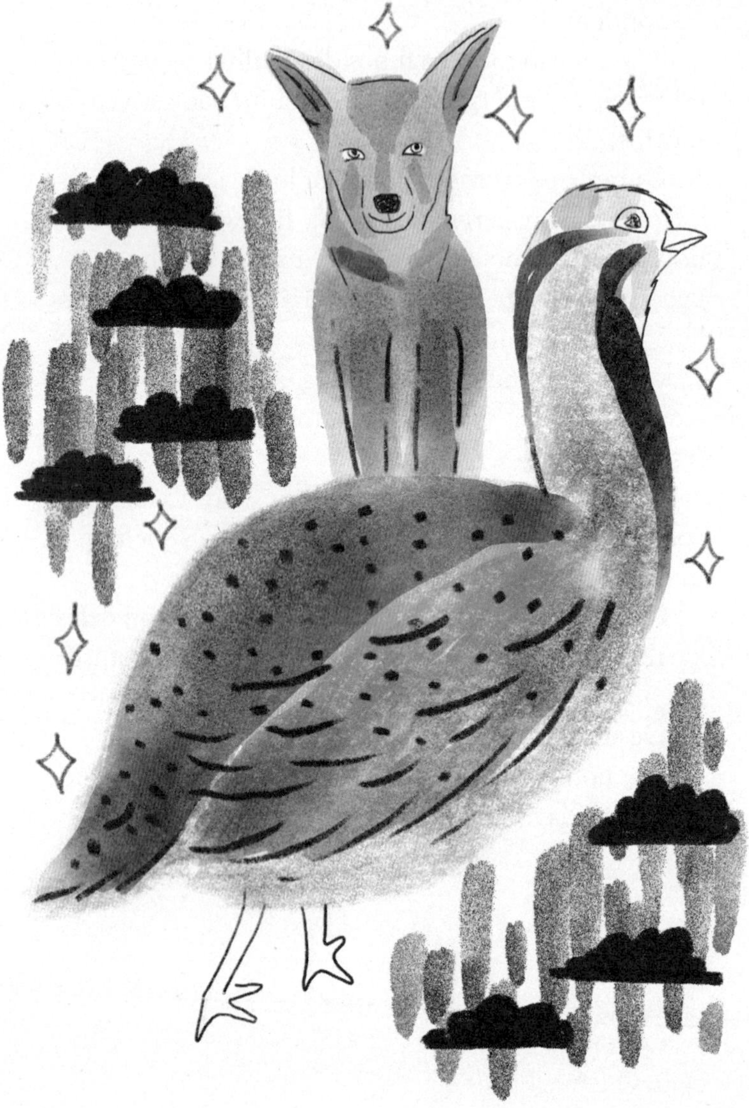

A BELEZA DA PERDIZ

A perdiz rolou no chão da floresta até suas penas ficarem com um lindo desenho. Bicou as rochas até seu bico ficar vermelho como um rubi. A perdiz olhou para o céu até seus olhos ficarem azuis. Depois a perdiz desceu da montanha. Encontrou-se com um burro, que lhe disse:

— Você é tão linda, que deve montar nas minhas costas. A perdiz montou no burro e os dois desceram até a planície. A perdiz montada no burro encontrou o chacal. O chacal olhou para ela e perguntou:

— Como foi que ficou tão linda? A perdiz respondeu:

— Rolei no chão da floresta com minhas penas, biquei a rocha com meu bico e olhei para o céu com meus olhos.

O chacal disse:

— Eu também vou fazer isso.

O chacal rolou no chão da floresta, e seu pelo caiu. O chacal bateu o focinho nas rochas e quebrou os dentes. O chacal subiu uma montanha e olhou para o céu. O chacal ficou cego. O chacal desceu da montanha. Como estava cego, não viu o precipício e se arrebentou nas rochas do fundo. Suas vísceras voaram para fora do corpo.

O TORDO

Era uma vez um tordo muito, muito grande, que era o *agelith* (chefe) de todos os pássaros. Como *agelith*, o tordo um dia deu a seguinte ordem:
— No futuro, vamos construir nossos ninhos não no verão, mas no inverno.
Um dia choveu granizo. O granizo destruiu todos os ninhos. Só o ninho do tordo, protegido pelos galhos acima dele, não foi destruído. As outras aves cujos ninhos tinham sido destruídos voavam aflitas de um lado para o outro. Passaram pelo ninho do tordo e ouviram-no rir. As outras aves perguntaram:
— De que o tordo está rindo? E perguntaram ao tordo:
— Por que está rindo?
O tordo respondeu:
— Olhem, construí meu ninho de tal maneira que ele ficou protegido. Os seus ninhos foram destruídos. O meu está intacto.
Os outros pássaros ficaram com muita raiva. Bateram tanto no tordo que ele passou a ser um dos menores de todos os pássaros. E desde então o tordo não tem nada a dizer.

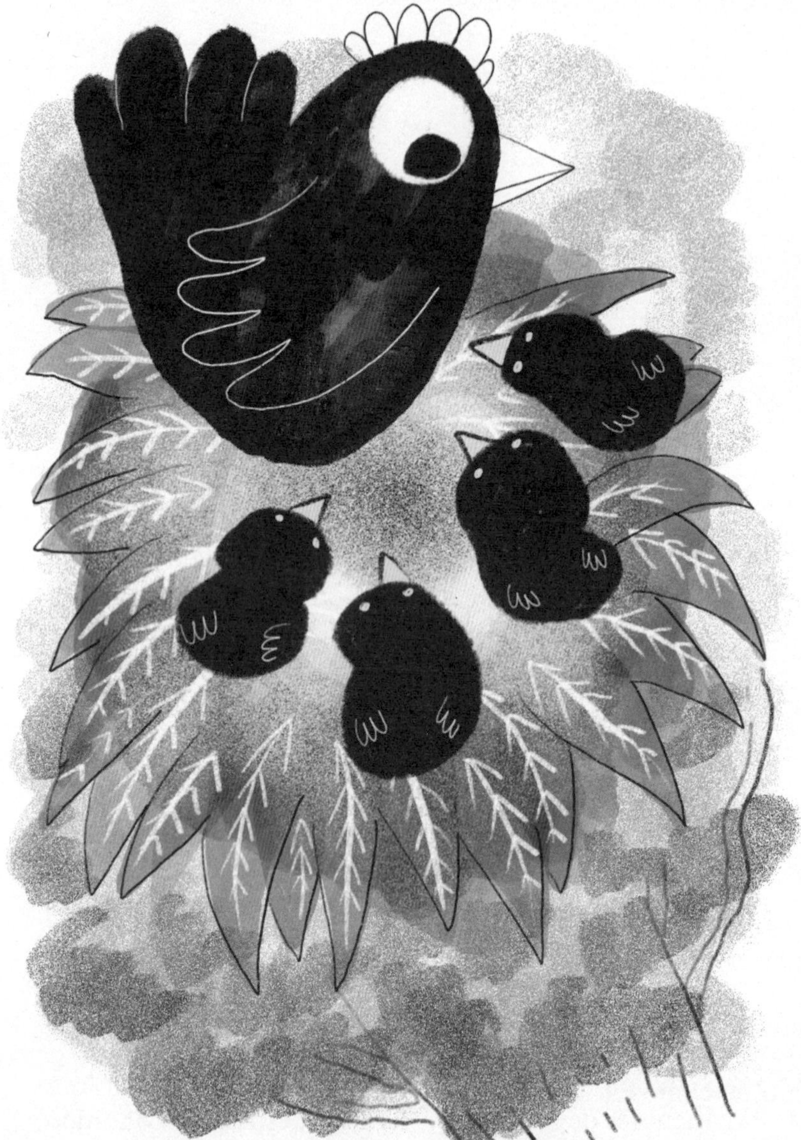

O CHACAL E A GALINHA

Uma galinha e seus pintinhos viviam em cima de uma rocha bem alta. Certo dia, o chacal apareceu e gritou-lhe:

— Jogue-me um de seus pintinhos, ou subirei aí e comerei todos eles, e você também.

A galinha ficou com medo e jogou-lhe um pintinho.

O chacal, muito satisfeito, levou-o para casa. Para ele, era uma situação perfeita. Voltava à rocha todos os dias e gritava para a galinha:

— Jogue-me um de seus pintinhos, ou subirei aí e comerei todos eles, e você também.

E todos os dias a galinha atirava-lhe um pintinho. Certo dia, a águia passou por ali e perguntou à galinha: — Galinha, o que você fez com seus pintinhos?

A galinha respondeu:

— Todo dia o chacal vem aqui e grita assim: "Jogue-me um de seus pintinhos, ou subirei aí e comerei todos eles, e você também". O que eu posso fazer? Toda manhã eu lhe jogo um pintinho.

A águia disse:

Pinturas rupestres da lenda do chacal feitas pelos cabilas

— Escute, galinha, não faça mais isso. Não é necessário. O chacal não consegue subir até aqui e, por isso, você não precisa lhe atirar seus pintinhos para matar sua fome.

A galinha disse:

— Vou tentar seguir seu conselho.

Na manhã seguinte, o chacal voltou novamente e disse à galinha:

— Jogue-me um de seus pintinhos, ou subirei aí e comerei todos eles, e você também.

E a galinha respondeu: — Tente.

O chacal tentou. Mas assim que chegou à metade da escalada, seus pés escorregaram, e ele caiu no chão.

A águia apareceu de novo. Viu os esforços do chacal e perguntou:

— Chacal, o que está tentando fazer? O chacal respondeu:

— A galinha dava-me um pintinho toda manhã. Mas hoje ela não deu e estou tentando chegar lá em cima para pegar o que eu quero.

A águia disse:

— Meu caro chacal, se é pintinhos o que você quer, posso lhe mostrar um país onde há tantos deles que nem você nem toda a sua família conseguiriam comer todos.

O chacal disse:

— Cara águia, então me mostre esse país agora. Pois pintinhos são a minha comida predileta.

A águia disse:

— Nesse caso, você vai ter de subir nas minhas costas. E o chacal replicou:

— Nesse caso, desça um pouco mais.

A águia desceu. O chacal montou nas costas da águia. A águia voou até um penhasco íngreme e, quando chegou a uma boa altura, perguntou ao chacal:

— E agora, chacal, que tal lhe parece a terra? O chacal respondeu:

— A terra parece-me verde. Vejo árvores verdes e campos verdes.

A águia subiu muito mais alto e perguntou de novo: — Bem, chacal, que tal lhe parece a terra agora?

O chacal disse:

— Não estou mais vendo as árvores, nem os campos. A terra deixou de ser verde. Parece que é negra.

A águia disse:

— Então você está suficientemente alto para ver milhares de pintinhos. Portanto, pegue seu pintinho de hoje.

A águia virou-se de lado e o chacal escorregou de suas costas. O chacal caiu. O chacal rezou a Deus:

— Deixe-me cair na água ou num monte de palha. Mas o chacal caiu em cima de uma rocha e morreu.[1]

---

[1] Existe uma outra versão da história em que a águia carregou o chacal em suas garras e levou-o a uma altura tão grande que ele não conseguia enxergar mais nada. Depois o soltou. Durante a queda, o chacal dirigiu sua oração a Sidi Abdel Kader Djilali, o grande santo. O chacal caiu num lago, quase se afogou, apelou de novo para o santo e prometeu dar-lhe uma medida de trigo se este o salvasse. Então o chacal sentiu o fundo embaixo dos pés, conseguiu chegar à praia, sacudiu-se para se secar e disse: "E agora, meu Sidi Abdel Kader Djilali, você pode ir para o inferno!" E saiu correndo.

O CHACAL E O LEÃO

Certo dia, a pata do leão estava doendo e ele começou a mancar. O leão encontrou o chacal e este viu que o leão estava mancando. O chacal disse:
— Leão, o que há com você?
E o leão respondeu:
— Minha pata está doendo e por isso não posso pôr o meu peso em cima dela, mal estou conseguindo andar.
O chacal disse:
— Conheço um remédio maravilhoso para isso. Venha comigo, vamos matar uma vaca. Depois vamos arrastá-la para a floresta e vou fazer um curativo com o couro da vaca que vai deixar você bom num instante.
O leão concordou.
O chacal levou o leão até um lugar onde havia muitas vacas. O leão matou a vaca e, sentindo muita dor, arrastou-a para a floresta mancando enquanto andava. O leão e o chacal esfolaram a vaca. O chacal perguntou ao leão:
— Você não quer comer primeiro, antes de eu lhe pôr o curativo?

O leão respondeu:

— Pegar e matar a vaca fez minha pata doer tanto, que perdi completamente o apetite.

O chacal disse:

— Então vou lhe fazer o curativo imediatamente.

Fez o leão deitar-se de costas e levantar as quatro patas para cima. Depois atirou o couro ainda úmido sobre as quatro patas, passou-o em volta das patas e depois amarrou todas elas com os tendões da vaca morta. E disse ao leão:

— Agora é melhor você ficar nessa posição até o curativo secar um pouco e ficar bem firme. Daqui a pouco você vai se sentir muito melhor.

O leão ficou ali deitado com as quatro patas para cima.

Enquanto isso, o chacal arrastou a vaca, pedaço por pedaço, até seu covil.

Depois que o chacal já tinha levado toda a carne da vaca, disse aos outros animais:

— Vão lá visitar o leão. Ele está com uma pata machucada. Fiz-lhe um curativo, mas vou estar muito ocupado nos próximos dias e não vou poder continuar cuidando dele.

Os outros animais foram visitar o leão e perguntaram-lhe como ia de saúde. Encontraram-no numa situação lamentável. O couro da vaca tinha secado e estava duro como ferro e, com os tendões que agora pareciam correntes, segurava suas patas firmemente no ar. O leão não conseguia se mexer. Os outros animais ficaram com pena dele.

Naquela época, o porco-espinho e a garça eram inimigos mortais. E quando a garça visitou o leão, disse-lhe:

— Sei de um remédio maravilhoso para pé machucado. É sangue de porco-espinho.

O leão disse:

— Vou pensar nisso.

Depois de algum tempo, o porco-espinho veio fazer uma visita ao leão. O leão disse-lhe:

— A garça contou-me que seu sangue é o melhor remédio que existe para pé machucado.

O porco-espinho respondeu:

— A garça falou a verdade. Cinco gotas do meu sangue são mais que suficientes para curá-lo completamente. Por outro lado, meu sangue não tem a menor eficácia a não ser que seja misturado com miolos de garça.

O leão perguntou:

— Você poderia me visitar outra vez assim que eu me livrar desse curativo e me dar um pouco de seu sangue?

O porco-espinho respondeu:

— Venho o dia que você quiser, na hora que você quiser. Basta me chamar.

E o porco-espinho foi embora. O leão disse aos animais:

— Agora tirem esse curativo de mim.

Muitos animais vieram e todos tentaram tirar o curativo. Mas ele estava seco e duro demais. Aí apareceu a perdiz. A perdiz, voando para a frente e para trás, umedeceu o couro da vaca com gotas de água que levava no bico. O couro ficou macio. Os animais conseguiram retirá-lo. O leão disse:

— Agora vou experimentar o remédio da garça. Chamem a garça e o porco-espinho.

A garça e o porco-espinho chegaram. O leão arrancou a cabeça da garça e tirou-lhe o cérebro. O porco-espinho deu um passo à frente, enfiou um de seus próprios espinhos no pé, que verteu algumas gotas de sangue que ele deu ao leão. O leão agradeceu-lhe e o porco-espinho foi embora.

O leão queria vingar-se do chacal, o chacal que o havia amarrado de tal maneira que ele não havia conseguido se mexer durante mais de uma semana. Certo dia, encontrou o chacal na floresta e saltou sobre ele. Mas o chacal esquivou-se e fugiu, de modo que o leão só conseguiu arrancar-lhe a cauda. O leão olhou para a cauda em sua pata e disse:

— Essa cauda vai me ajudar a pegar o chacal que me fez sofrer.

O leão ordenou que todos os chacais viessem à sua presença. Quando o chacal ouviu dizer que tinha de ir com seus primos, parentes e todos os outros chacais, disse:

— O leão está procurando um chacal de cauda longa. Por isso vocês todos devem cortar a cauda, como eu fiz. E então, quando chegarem à presença do leão de manhã, podem ter certeza de que, se não tiverem cauda, nada vai lhes acontecer.

Todos os chacais cortaram a respectiva cauda. Na manhã seguinte, atenderam ao chamado do leão. Todos foram à sua presença. O leão viu que não ia conseguir distinguir, entre esses chacais sem cauda, o chacal cuja cauda ele arrancara. E foi assim que o chacal se salvou.

O CHACAL E O LAVRADOR

Um lavrador arava suas terras com dois bois, desde que o sol nascia até que se punha. Certa noite apareceu um leão que lhe disse:

— Dê-me um de seus bois, ou mato você e os dois bois. O lavrador ficou aterrorizado. Desatrelou um dos bois e deu-o ao leão. O leão pegou o animal e levou-o embora.

O lavrador foi para casa com o boi que lhe restara e comprou outro na mesma noite para arar novamente de manhã.

No dia seguinte, o lavrador arou novamente desde que o sol nasceu até que se pôs e, quando já era noite, o leão veio outra vez e disse:

— Lavrador, dê-me um de seus bois, ou mato todos os dois e você ainda por cima.

O lavrador deu-lhe novamente um boi. Naquela noite, comprou outro boi para poder arar de novo na manhã seguinte. Na noite seguinte, o leão apareceu outra vez e exigiu mais um boi.

O lavrador dava um boi ao leão toda noite. Certa vez, o chacal apareceu quando o lavrador estava levando seu único boi para casa. O chacal disse:

— Toda manhã vejo você sair com dois bois, e toda noite vejo-o voltando só com um. O que acontece?

O lavrador respondeu:

— Toda noite, depois que termino o trabalho do dia, o leão aparece e exige um de meus bois, ameaçando matar a mim e ambos os bois se eu não lhe der o que deseja.

O chacal disse:

— Se você prometer me dar um carneiro, livro-o do leão.

O lavrador respondeu:

— Se você conseguir me livrar desse leão, dou-lhe um carneiro com o maior prazer.

O chacal disse:

— Amanhã vou gritar com a voz disfarçada lá de cima do morro, perguntando quem está conversando com você. Você deve responder que é apenas um *asko* (um bloco de madeira a ser rachado). Tenha uma machadinha à mão. Entendeu?

O lavrador respondeu:

— Sim, claro que entendi.

No dia seguinte, o lavrador levou uma machadinha para o campo e arou como de costume com os dois bois, desde que o sol nasceu até que se pôs. Quando já tinha anoitecido, o leão apareceu e disse:

— Lavrador, dê-me um boi, ou mato os dois e você também.

Quando o leão disse aquilo, uma voz grave falou do alto do morro:

— Lavrador, quem está conversando com você?

O leão ficou com medo, escondeu-se rapidamente e disse numa voz amedrontada:

— É deus.
Mas o lavrador respondeu em voz alta:
— É só um *asko*.
A voz respondeu em altos brados:
— Então pegue sua machadinha e rache esse bloco de madeira.
O leão disse baixinho:
— Dê-me só um golpe leve, lavrador. E, em seguida, baixou a cabeça.
O lavrador pegou sua machadinha e golpeou a cabeça do leão com toda a sua força, de modo que a partiu e o leão morreu. O chacal desceu do morro e disse:
— Fiz o prometido. O leão está morto. Amanhã virei novamente para pegar o carneiro que você me prometeu.
O lavrador disse: — Você o terá.
O lavrador chegou em casa e disse à sua mulher:
— O chacal livrou-me do leão. Agora vou lhe dar um carneiro. Vou matá-lo e quero que depois você o embrulhe para que eu possa levá-lo amanhã.
O homem matou o carneiro. Quando sua mulher estava prestes a embrulhá-lo, disse:
— Por que não comemos o carneiro nós mesmos?
Pôs o carneiro num saco de couro. Depois colocou o saco num cesto de vime. Mas disse ao cachorro da casa para deitar-se no cesto ao lado do saco de couro. E disse ao marido:
— Se por acaso o chacal não pegar o carneiro durante o dia, traga-o de novo para casa. Se ficar lá, os outros animais que não o ajudaram vão comê-lo

durante a noite. Leve o cesto para o campo exatamente como está e depois deixe acontecer o que tiver de acontecer.

O lavrador foi para o campo. Chegando lá, pôs o cesto no chão e gritou:

— Chacal, aqui está o seu carneiro.

E foi fazer seu trabalho, sem se preocupar mais com o cesto, com o carneiro ou com o chacal. O chacal foi até o cesto pegar o carneiro. Ao enfiar o focinho no cesto, o cachorro deu um salto. O chacal fugiu o mais rápido que pôde. O cachorro perseguiu-o durante algum tempo, mas quando viu que o chacal era rápido demais, desistiu e foi para casa. O chacal jurou que nunca mais ajudaria os homens.

À noite o lavrador voltou para o local onde deixara o cesto. Olhou dentro dele e viu que o carneiro ainda estava lá. Por isso, pegou o cesto de novo com o carneiro dentro, levou-o para casa e disse:

— O chacal não veio buscar seu carneiro. Vamos comê-lo nós mesmos!

O CHACAL QUE GOSTAVA DE SE VANGLORIAR

Certo dia, Uschen, o chacal, disse: — Fui enganado uma vez, mas não o serei de novo.

Um dia o chacal saiu de casa, procurou um pastor e disse-lhe:

— Posso passar-lhe a perna cem vezes, mas você só pode me enganar uma vez.

O chacal agarrou um cordeirinho. O pastor viu e veio correndo. Queria libertar o cordeiro. Mas Uschen fez xixi na orelha do cordeiro e o resultado foi que, a partir daquele momento, o cordeiro o seguiria onde quer que ele fosse. O chacal fugiu e o cordeiro foi atrás dele. O chacal entrou na floresta e o cordeiro correu para a floresta atrás dele. Na floresta, o chacal esperou o cordeiro, matou-o e levou sua refeição para casa.

Na vez seguinte que o pastor viu o chacal rondando seu rebanho, cobriu os animais com visgo. O chacal continuou rondando o rebanho. Quando viu que o pastor estava longe, correu para o meio do rebanho e saltou sobre um carneiro. Saltou nas costas de um carneiro. Mas, como a lã estava besuntada de visgo, ele ficou preso sem conseguir se soltar. O carneiro aterrorizado e todo o rebanho correram para a casa do pastor. O pastor saiu de casa e viu o chacal preso no carneiro; pegou-o e espancou-o a valer. Depois de algum tempo, o chacal parecia morto. E então o pastor o atirou num canto de sua casa.

Quando o pastor abriu a porta na manhã seguinte para deixar seu rebanho sair, o chacal levantou-se e saiu correndo rápido como uma flecha. Quando já estava do lado de fora, gritou:

— Não lhe disse, pastor, que você não conseguiria levar a melhor sobre mim? Vou lhe roubar muitos de seus cordeirinhos.

O pastor respondeu:

— Espere só até a neve cair.

O inverno chegou. Os filhos do pastor espalharam arapucas pela região. O chacal escondia-se perto das armadilhas. Assim que um pássaro caía na armadilha, o chacal cavava por baixo da arapuca e pegava a presa. Pegava uma refeição atrás da outra nas arapucas dos filhos do pastor.

Os filhos do pastor descobriram que suas presas eram roubadas e contaram ao pai. O pastor disse:

— Construam uma arapuca bem grande perto da peque-na. O ladrão só pode ser o chacal.

Ao lado de uma arapuca pequena as crianças construíram uma grande. O chacal não a viu quando veio de novo pegar um pássaro que ficara preso na pequena. Ao cavar por baixo da pedra pequena para pegar a presa, a pedra grande caiu-lhe em cima e ele ficou preso embaixo dela.

Depois de algum tempo, as crianças vieram ver se havia alguma presa e encontraram o chacal embaixo da pedra grande. Levantaram a pedra e começaram a bater no chacal. Mas o chacal rolou em cima de seus próprios excrementos, de modo que as crianças não conseguiam pegá-lo, a não ser pela ponta da cauda. De repente, ele fugiu.

Os filhos do pastor procuraram um buraco que os levasse à toca do chacal. Levaram consigo dois cães para caçar o chacal caso sua toca tivesse outra saída. Os cães ficaram de guarda e as crianças começaram a cavar. Encontraram um covil com cinco chacais e mataram três ali mesmo. O quarto fugiu, mas foi pego e morto pelos cães. O último, impelido pelo medo, saltou numa poça funda de água e morreu afogado.

PARTE DOIS
OS SUDANESES

LENDAS SONINQUÊS

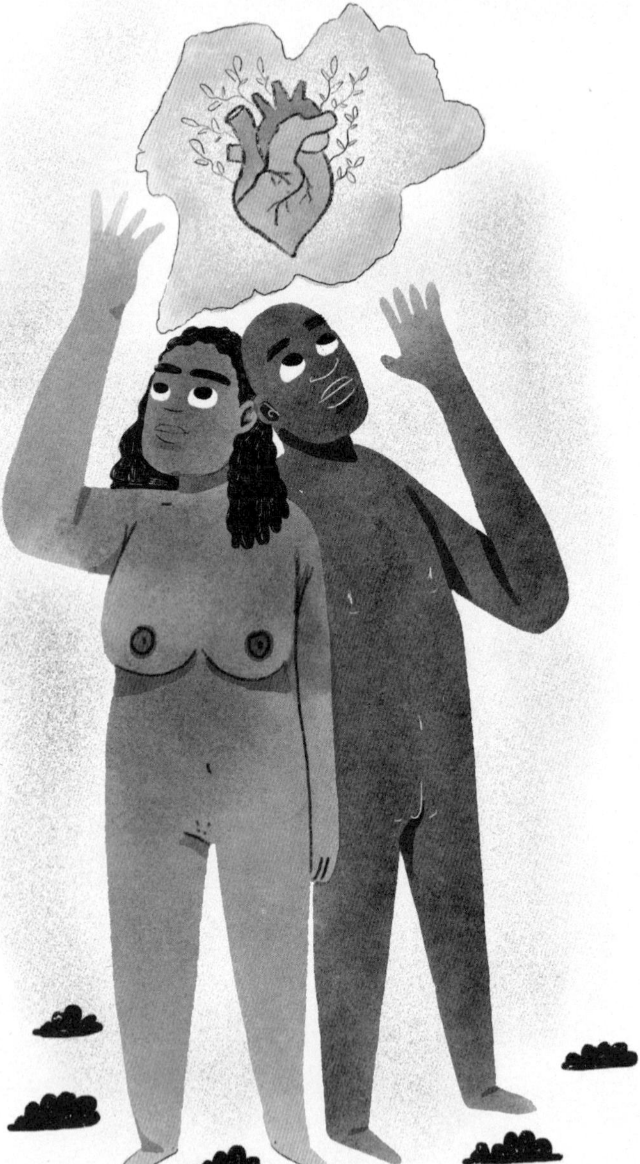

O ALAÚDE DE GASSIRE

Quatro vezes Uagadu ergueu-se em todo o seu esplendor. Quatro vezes Uagadu desapareceu e sumiu da vista humana: uma vez por causa da vaidade, uma vez por causa da falsidade, uma vez por causa da ganância e uma vez por causa da discórdia. Quatro vezes Uagadu mudou de nome. Primeiro ela se chamou Dierra, depois Agada, depois Gana e depois Sila. Quatro vezes ela virou o rosto. Uma para o norte, outra para o oeste, outra para o leste e outra para o sul. Para Uagadu, toda vez que os homens a viam, sempre tinham existido quatro portas: uma que levava ao norte, outra para o oeste, outra para o leste e outra para o sul. Esses são os pontos cardeais de onde vem a força de Uagadu, a força com a qual ela resiste, não importa se ela foi feita de pedra, madeira e terra ou se vive como uma sombra na cabeça e no coração de seus filhos. Pois, na realidade, Uagadu não é de pedra, nem de madeira, nem de terra. Uagadu é a força que existe no coração dos homens e que às vezes é visível, porque os olhos a veem, e os ouvidos escutam o choque de espadas e o retinir dos escudos, e às vezes é invisível porque a dificuldade de domar os homens a deixou exausta, e por isso ela dorme. O sono tomou Uagadu pela primeira vez por causa da vaidade, a segunda por causa da falsidade, a terceira por causa da ganância e a quarta por causa da discórdia. Se algum dia Uagadu for encontrada mais uma vez, ela vai viver tão intensamente na cabeça dos homens que nunca mais desaparecerá, de modo que a vaidade, a falsidade, a ganância e a discórdia nunca mais poderão fazer-lhe mal.

Ah! Dierra, Agada, Gana, Sila! Ah! Fasa!

Toda vez que o pecado do homem levou Uagadu a desaparecer, ela voltou com uma nova beleza, que tornou mais glorioso ainda o esplendor de sua nova aparição. A vaidade criou a canção dos bardos que todos os povos (do Sudão) imitam e valorizam até hoje. A falsidade criou uma chuva de ouro e pérolas. A ganância criou a escrita tal como os burdamas a praticam hoje e que em Uagadu era ocupação das mulheres. A discórdia vai possibilitar que a quinta Uagadu seja tão duradoura quanto a chuva do sul e as rochas do Saara, pois então todo homem terá Uagadu no coração, e toda mulher terá Uagadu em seu ventre.

Ah! Dierra, Agada, Gana, Sila! Ah! Fasa!

Uagadu desapareceu pela primeira vez por causa da vaidade. Uagadu estava voltada para o norte e chamava-se Dierra. Seu último rei chamava-se Nganamba Fasa. Os fasas eram fortes. Mas os fasas estavam envelhecendo. Lutavam diariamente contra os burdamas e os boromas. Lutavam todos os dias de todos os meses. Aquela luta nunca tinha fim. E a força dos fasas nascia daquela luta. Todos os homens de Nganamba eram heróis, todas as mulheres eram belas e orgulhosas da força e do heroísmo dos homens de Uagadu.

Todos os fasas que não tinham caído em combate singular com os burdamas estavam envelhecendo. Nganamba estava muito velho. Nganamba tinha um filho, Gassire, e já estava bem velho, pois já tinha oito filhos adultos que também já tinham tido filhos. Estavam todos vivos e Nganamba governava sua família e reinava como rei sobre os fasas e os boromas semelhantes aos cães. Nganamba ficou tão velho que Uagadu perdeu-se por causa dele, e os boromas tornaram-se novamente escravos dos burdamas, que tomaram o poder pela espada. Se Nganamba tivesse morrido antes, será que Uagadu teria desaparecido pela primeira vez?

Ah! Dierra, Agada, Gana, Sila! Ah! Fasa!

Nganamba não morria. Um chacal devorava o coração de Gassire. Gassire perguntava diariamente a seu coração:

— Quando será que Nganamba vai morrer? Quando será que Gassire vai ser rei?

Todo dia Gassire esperava pela morte do pai como um amante espera que a estrela da tarde surja. Durante o dia, quando Gassire lutava como um herói contra os burdamas e atacava os falsos boromas com um chicote de couro, só pensava na luta, em sua espada, em seu escudo, em seu cavalo. À noite, quando entrava na cidade com o escurecer e sentava-se no meio de seus homens e de seus filhos, Gassire ouvia os heróis louvarem seus feitos. Mas seu coração não estava ali; seu coração ouvia a respiração ofegante de Nganamba; seu coração estava cheio de angústia e de desejo.

O coração de Gassire estava cheio de desejo pelo escudo do pai, o escudo que só usaria quando o pai estivesse morto, e também pela espada que só poderia empunhar quando fosse rei. Dia após dia, a ira e o desejo de Gassire aumentavam. O sono passava ao largo. Gassire ficava ali deitado e quanto um chacal devorava seu coração. Gassire sentia a angústia subir-lhe pela garganta. Certa noite, Gassire saltou da cama, saiu de casa e foi procurar um velho sábio, um homem que sabia mais que o comum das pessoas. Entrou na casa do sábio e disse:

— Kiekorro! Quando meu pai Nganamba vai morrer e me deixar sua espada e seu escudo?

O velho respondeu:

— Ah, Gassire, Nganamba vai morrer; mas não lhe deixará sua espada, nem seu escudo. Você vai empunhar um alaúde. Escudo e espada outros herdarão. Mas seu alaúde será a causa da ruína de Uagadu. Ah, Gassire!

Gassire disse:

— Kiekorro, você está mentindo! Estou vendo que não é um sábio. Como Uagadu pode ser arruinada se os seus heróis triunfam todos os dias? Kiekorro, você é um idiota!

O velho sábio disse:

— Ah, Gassire, você não acredita em mim. Mas seu caminho o levará até as perdizes do campo e você vai entender o que elas dirão. O que dirão será seu destino e o destino de Uagadu.

Ah! Dierra, Agada, Gana, Sila! Ah! Fasa!

Na manhã seguinte, Gassire saiu novamente com os heróis para lutar contra os burdamas. Gassire estava com muita raiva. Gassire disse aos heróis:

— Fiquem aqui atrás. Hoje vou lutar sozinho contra os burdamas.

Os heróis ficaram para trás, e Gassire foi sozinho lutar contra os burdamas. Gassire arremessou sua lança. Gassire atacou os burdamas. Gassire empunhou a espada. Golpeou à esquerda e golpeou à direita. A espada de Gassire era como uma foice cortando trigo. Os burdamas ficaram com medo. Apavorados, gritavam:

— Não é um fasa, não é um herói, é um *damo* (um ser desconhecido do próprio bardo).

Os burdamas retrocederam com seus cavalos. Os burdamas atiraram suas lanças no chão — cada homem tinha duas lanças — e fugiram. Gassire chamou seus cavaleiros e disse:

— Peguem as lanças.

Os cavaleiros pegaram as lanças. Os cavaleiros cantaram:

— Os fasas são heróis. Gassire sempre foi o maior herói fasa. Gassire sempre realizou grandes feitos. Mas hoje Gassire foi maior que Gassire!

Gassire cavalgou até a cidade e os heróis o seguiram. Os heróis cantavam:

— Nunca antes Uagadu ganhou tantas lanças quanto hoje.

Gassire deixou as mulheres lhe darem banho. Os homens reuniram-se. Mas Gassire não sentou no meio deles. Gassire foi para os campos. Gassire ouviu as perdizes. Gassire aproximou-se delas. Uma perdiz estava empoleirada embaixo de um arbusto e cantou:

— Escute a *Dausi*! Escute minhas façanhas!

A perdiz cantou:

— Todas as criaturas morrem, são enterradas e se decompõem. Reis e heróis morrem, são enterrados e se decompõem. Eu também vou morrer, vou ser enterrada e vou me decompor. Mas a *Dausi*, a canção de minhas batalhas, não morrerá. Será cantada muitas e muitas vezes e vai sobreviver aos reis e heróis. Oh, se eu pudesse realizar esses feitos! Oh, que eu possa cantar a *Dausi*! Uagadu vai desaparecer. Mas a *Dausi* vai perdurar e viver!

Ah! Dierra, Agada, Gana, Sila! Ah! Fasa!

Gassire foi procurar o velho sábio. Gassire disse:

— Kiekorro! Estive nos campos. Entendi o que as perdizes dizem. A perdiz vangloriou-se, dizendo que a canção que fala de seus feitos vai viver mais que Uagadu. A perdiz cantou a *Dausi*. Diga-me se outros homens também conhecem a *Dausi* e se a *Dausi* está acima da vida e da morte.

O velho disse:

— Gassire, você está apressando o seu fim. Ninguém pode impedi-lo. E, como você não pode ser rei, vai ser um bardo. Ah, Gassire! Quando os reis dos fasas viviam à beira-mar, também eram grandes heróis e lutavam com homens que tinham alaúdes e cantavam a *Dausi*. Cantada muitas vezes pelo inimigo, a *Dausi* instilava o medo no coração dos fasas, que também eram heróis. Mas eles nunca cantavam a *Dausi*, pois eram da classe superior, da classe dos horros, e a *Dausi* só era cantada por aqueles que pertenciam à classe que vinha logo abaixo, a dos diares. Os diares não lutavam tanto quanto os heróis pela glória do dia; eram como que embriagados pela fama da noite. Mas você, Gassire, agora que não pode mais ser o segundo dos primeiros (isto é, rei), deve ser o primeiro dos segundos. E Uagadu vai se arruinar por causa disso.

Gassire disse:

— Por mim, Uagadu pode ir para o inferno! Ah! Dierra, Agada, Gana, Sila! Ah! Fasa!

Gassire foi procurar um artesão. Gassire disse:

— Faça-me um alaúde.

O artesão disse:

— Faço, mas o alaúde não vai cantar.

Gassire disse:

— Artesão, faça seu trabalho. O resto é problema meu.

O artesão construiu o alaúde. O artesão levou o alaúde a Gassire. Gassire tocou o alaúde. O alaúde não cantava. Gassire disse:

— Olha aqui, o alaúde não canta.

O artesão disse:

— Foi exatamente o que eu lhe disse quando você o encomendou.

Gassire disse:

— Bem, ele vai cantar.
O artesão respondeu:
— Não posso fazer mais nada. O resto é problema seu.
Gassire disse:
— O que fazer então?
O artesão respondeu:
— Esse objeto é um pedaço de madeira. Não vai cantar se não tiver coração. Você tem de lhe dar um coração. Carregue esse pedaço de madeira nas costas quando entrar em batalha. A madeira tem de retinir com os golpes de sua espada. A madeira tem de absorver o sangue derramado, sangue de seu sangue, alento de seu alento. A sua dor tem de ser a dor do alaúde, sua fama, a fama do alaúde. A madeira não será mais como a madeira de uma árvore, será penetrada pelo seu povo e fará parte dele. Ela não viverá apenas com você, mas com seus filhos. A música que vier de seu coração ecoará nos ouvidos de seu filho e continuará vivendo entre o povo, e o sangue da vida de seu filho, derramando-se de seu coração, correrá pelo seu corpo e continuará vivendo nesse pedaço de madeira. Mas Uagadu vai se arruinar por causa disso.
Gassire disse:
— Uagadu pode ir para o inferno!
Ah! Dierra, Agada, Gana, Sila! Ah! Fasa!
Gassire chamou seus oito filhos. Gassire disse:
— Meus filhos, hoje vamos entrar em batalha. Mas os golpes de suas espadas não vão mais ecoar somente no Sahel, vão ecoar até o fim dos tempos. Vocês e eu, meus filhos, vamos continuar vivendo e perdurando mais do que todos os outros heróis na *Dausi*. Meu

filho mais velho, hoje nós dois, você e eu, vamos ser os primeiros na batalha!

Gassire e seu filho mais velho entraram em batalha à frente dos heróis. Gassire atirara o alaúde sobre o ombro. Os burdamas aproximaram-se. Gassire e seu filho mais velho atacaram. Gassire e seu filho mais velho lutaram como os primeiros. Gassire e seu filho mais velho deixaram os outros heróis bem para trás. Gassire lutava, não como um ser humano, mas como um *damo*. Seu filho mais velho não lutava como um ser humano, mas como um *damo*. Gassire entrou em combate com oito burdamas. Os oito burdamas atacaram-no violentamente. O filho mais velho veio ajudá-lo e derrubou quatro deles. Mas um dos burdamas enfiou uma lança em seu coração. O filho mais velho de Gassire caiu morto do cavalo. Gassire desmontou e jogou o corpo de seu filho mais velho nas costas. Depois montou outra vez e voltou lentamente para onde estavam os outros heróis. O sangue do coração do filho mais velho de Gassire caiu sobre o alaúde que também estava pendurado nas costas de Gassire. E foi assim que Gassire, à frente de seus heróis, voltou para Dierra.

Ah! Dierra, Agada, Gana, Sila! Ah! Fasa!

O filho mais velho de Gassire foi enterrado. Dierra ficou de luto. A urna onde o corpo foi acomodado estava vermelha de sangue. Naquela noite, Gassire pegou seu alaúde e bateu na madeira. O alaúde não cantou. Gassire ficou furioso. Chamou seus filhos. Gassire disse a seus filhos:

— Amanhã vamos lutar de novo contra os burdamas. Durante sete dias Gassire conduziu os heróis ao campo de batalha. Todo dia um de seus filhos o acompanhava para ser o primeiro na luta. E em cada um desses dias Gassire transportou o corpo de um de seus filhos sobre o ombro e sobre o alaúde de volta à cidade. E assim, toda noite, o sangue de um de seus filhos pingava sobre o alaúde. Depois de sete dias de luta, houve um grande luto em Dierra. Todos os heróis e todas as mulheres usavam roupas vermelhas e brancas. O sangue dos boromas (aparentemente em sacrifício) corria por toda parte. Todas as mulheres choravam. Todos os homens estavam enfurecidos. Antes do oitavo dia de luta, todos os heróis e homens de Dierra reuniram-se e foram falar com Gassire:

— Gassire, isso precisa ter um fim. Estamos dispostos a lutar se for necessário. Mas você, em sua fúria, continua lutando sem sentido ou limite. Agora vá embora de Dierra! Alguns de nós vão se juntar a você e acompanhá-lo. Leve seus boromas e seu gado. O resto de nós inclina-se mais pela vida que pela fama. E, embora não queiramos morrer sem deixar um nome honrado, não queremos morrer só pela fama.

O velho disse:

— Ah, Gassire! É assim que Uagadu vai se arruinar pela primeira vez.

Ah! Dierra, Agada, Gana, Sila! Ah! Fasa!

Gassire e seu último filho vivo, o caçula, suas mulheres, seus amigos e seus boromas partiram para o deserto. Viajaram pelo Sahel. Muitos heróis partiram com Gassire, cruzando as portas da cidade. Muitos

Duas pinturas rupestres de uma luta entre arqueiros com cabeça de animal. O estilo está desfigurado com desenhos esquematizados, do deserto da Líbia.

voltaram. Alguns acompanharam Gassire e seu filho mais novo para o Saara.

Cavalgaram durante muito tempo, dia e noite. Chegaram ao deserto e descansaram no ermo. Todos os heróis, e todas as mulheres, e todos os boromas dormiram. O filho caçula de Gassire dormiu. Gassire estava nervoso, inquieto. Sentou-se ao pé do fogo. Ficou ali sentado durante muito tempo. Por fim, caiu no sono. De repente, levantou-se de um salto. Gassire ouviu. Gassire ouviu uma voz bem perto de si. Dava a impressão de que saía de dentro dele mesmo. Gassire começou a tremer. Ouviu o alaúde tocando. O alaúde cantava a *Dausi*.

Quando o alaúde cantou a *Dausi* pela primeira vez, o rei Nganamba morreu na cidade de Dierra; quando o alaúde cantou a *Dausi* pela primeira vez, a ira de Gassire desvaneceu-se; Gassire chorou. Quando o alaúde cantou a *Dausi* pela primeira vez, Uagadu desapareceu — pela primeira vez.

Ah! Dierra, Agada, Gana, Sila! Ah! Fasa!

Quatro vezes Uagadu ergueu-se em todo o seu esplendor.

Quatro vezes Uagadu desapareceu e sumiu da vista humana: uma vez por causa da vaidade, uma vez por causa da falsidade, uma vez por causa da ganância e uma vez por causa da discórdia. Quatro vezes Uagadu mudou de nome. Primeiro ela se chamou Dierra, depois Agada, depois Gana e depois Sila. Quatro vezes ela virou o rosto. Uma para o norte, outra para o oeste, outra para o leste e outra para o sul. Para Uagadu, toda vez que os homens a viam, sempre tinham existido quatro portas: uma que levava ao norte, outra para o oeste, outra para o leste e outra para o sul. Esses são os pontos cardeais de onde vem a força de Uagadu, a força com a qual ela resiste, não importa se ela foi feita de pedra, madeira e terra ou se vive como uma sombra na cabeça e no coração de seus filhos. Pois, na realidade, Uagadu não é de pedra, nem de madeira, nem de terra. Uagadu é a força que existe no coração dos homens e que às vezes é visível, porque os olhos a veem e os ouvidos escutam o choque de espadas e o retinir dos escudos, e às vezes é invisível porque a dificuldade de domar os homens a deixou exausta, e por isso ela dorme. O sono tomou Uagadu pela primeira vez por causa da vaidade, a segunda por causa da falsidade, a terceira por causa da ganância e a quarta por causa da discórdia. Se algum dia Uagadu for encontrada mais uma vez, ela vai viver tão intensamente na cabeça dos homens que nunca mais desaparecerá, de modo que a vaidade, a falsidade, a ganância e a discórdia nunca mais poderão fazer-lhe mal.

Ah! Dierra, Agada, Gana, Sila! Ah! Fasa!

Toda vez que o pecado do homem levou Uagadu a desaparecer, ela voltou com uma nova beleza, que tornou mais glorioso ainda o esplendor de sua nova aparição. A vaidade criou a canção dos bardos que todos os povos (do Sudão) imitam e valorizam até hoje. A falsidade criou uma chuva de ouro e pérolas. A ganância criou a escrita tal como os burdamas a praticam hoje e que em Uagadu era ocupação das mulheres. A discórdia vai possibilitar que a quinta Uagadu seja tão duradoura quanto a chuva do sul e as rochas do Saara, pois então todo homem terá Uagadu no coração, e toda mulher terá Uagadu em seu ventre.

Ah! Dierra, Agada, Gana, Sila! Ah! Fasa!

A REDESCOBERTA DE UAGADU

Uagadu desapareceu durante sete anos. Ninguém sabia onde ficava. Depois foi encontrada novamente. E depois desapareceu de novo e não reapareceu durante setecentos e quarenta anos. Havia um velho rei chamado Mama Dinga. Mama Dinga disse:

— Se o grande tambor de guerra Tabele soar, Uagadu será encontrada de novo.

Mas Tabele tinha sido roubado pelos djinns, os demônios, que o amarraram firmemente no céu.

Mama Dinga tinha um velho escravo com quem tinha sido criado. Mama Dinga tinha sete filhos. Os seis mais velhos tratavam o escravo muito mal. Esse pai, cego por causa da idade, não conseguia enxergar nada. Quando o escravo chamava o filho mais velho para tomar uma refeição com o pai, o jovem dava um pontapé no escravo ao entrar na sala de refeições, e o mesmo faziam os outros cinco filhos. Só o caçula dava bom-dia ao velho escravo. Quando saíam da sala, o filho mais velho enchia a boca de água, que depois cuspia no velho. O segundo filho jogava no escravo a água com que tinha lavado as mãos, e só o caçula é

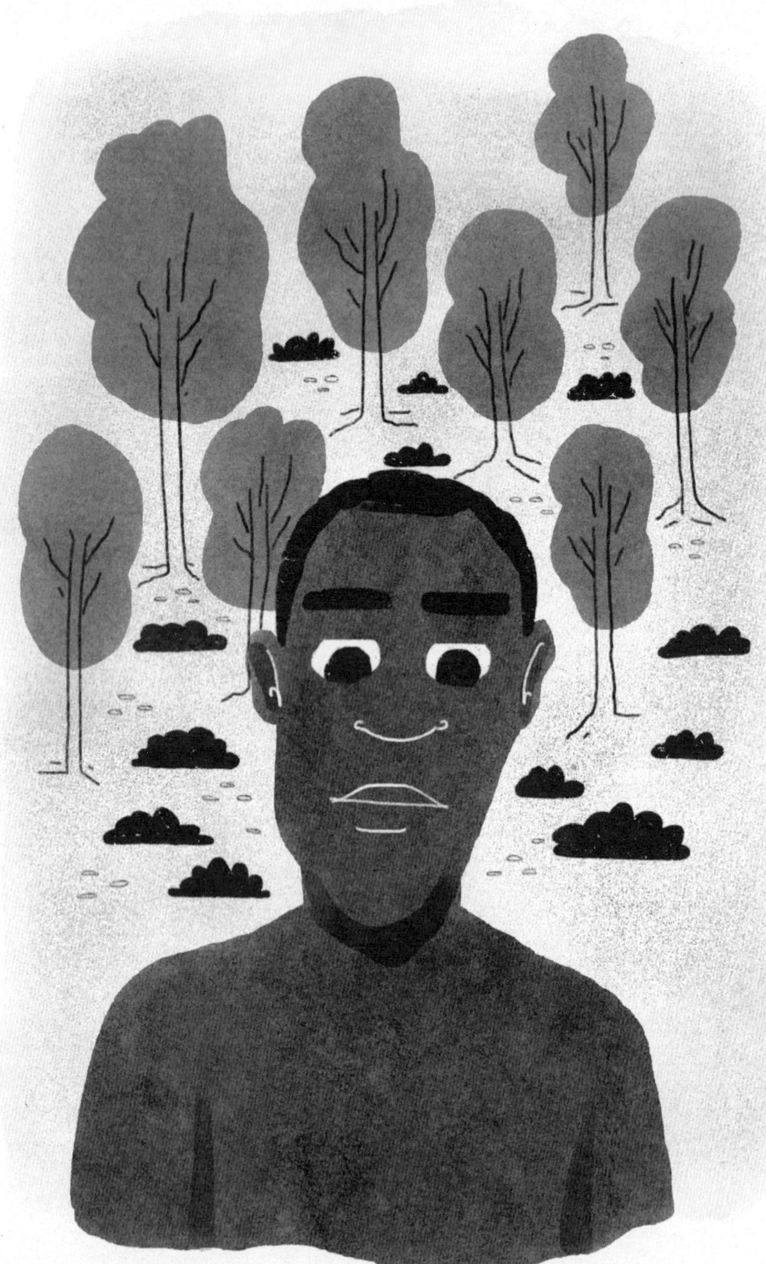

que dava ao velho um pouco de comida. Mama Dinga não via nada dessas coisas.

    Mama Dinga estava cego. Reconhecia o filho mais velho pelo braço, que era peludo e decorado com um bracelete de ferro. Mama Dinga passava a mão pelo braço para senti-lo e depois cheirava a roupa do filho. Era assim que identificava o filho mais velho. Ao ir para a cama certa noite, Mama Dinga sentiu que estava próxima a sua hora de morrer. Por isso chamou o escravo, seu velho servo fiel, à sua presença, e disse:

    — Chame meu filho mais velho, pois sinto que vou morrer logo e desejo lhe dizer o que ele precisa saber. Diga-lhe para vir depois da meia-noite.

    O escravo foi procurar o filho mais velho. Logo que entrou na casa dele e tentou falar-lhe, o jovem deu um pontapé no velho escravo. Isso ocorria toda vez que o velho escravo tinha algum assunto para levar aos seis filhos mais velhos. Só o caçula sempre lhe dava comida.

    Por isso o velho escravo foi procurar Lagarre, o filho caçula, e disse:

    — Será que você poderia pegar emprestados uma roupa e o bracelete de seu irmão mais velho?

    Lagarre disse:

    — Sim, acho que posso fazer isso. O velho continuou:

    — Seu pai está cego. Não consegue mais enxergar. Identifica seu irmão mais velho passando-lhe a mão no braço e no bracelete e cheirando-lhe a roupa. Seu pai vai morrer logo. Mandou-me chamar seu irmão mais velho. Mas seus irmãos mais velhos sempre me trataram mal. E por isso vou levá-lo à presença dele no lugar deles.

E então Lagarre matou um bode e tirou-lhe a pele; depois colocou a pele sobre o braço, para que ele ficasse grosso e peludo como o do irmão. Depois foi procurar o irmão mais velho e disse:

— Empreste-me uma roupa sua e seu bracelete. Vou procurar um homem que tem uma dívida comigo.

O irmão mais velho respondeu:

— Se você não consegue cobrar suas dívidas sem uma roupa minha e sem meu bracelete, então os pegue. Procure minha mulher naquela casa ali e peça a ela que as entregue a você.

Lagarre foi até lá, pegou o bracelete e a roupa e vestiu-os.

À meia-noite encontrou o velho escravo.

O velho escravo levou Lagarre até Mama Dinga, o rei, e disse:

— Aqui está o seu filho mais velho.

Os dedos do velho rei deslizaram pelo braço do jovem. Sentiram que o braço era grosso e peludo. Sentiu o bracelete. O velho pegou a roupa do jovem e levou-a ao nariz. Sentiu que era o cheiro de seu filho mais velho. Mama Dinga sorriu e disse:

— É verdade.

E Mama Dinga disse também:

— Na margem esquerda do rio ficam quatro grandes árvores Djalla. Ao pé dessas quatro árvores ficam nove potes. Se você se banhar nesses nove potes e rolar pelo pó das margens do rio, sempre vai ter muitos seguidores. Lave-se primeiro nos oito primeiros potes.

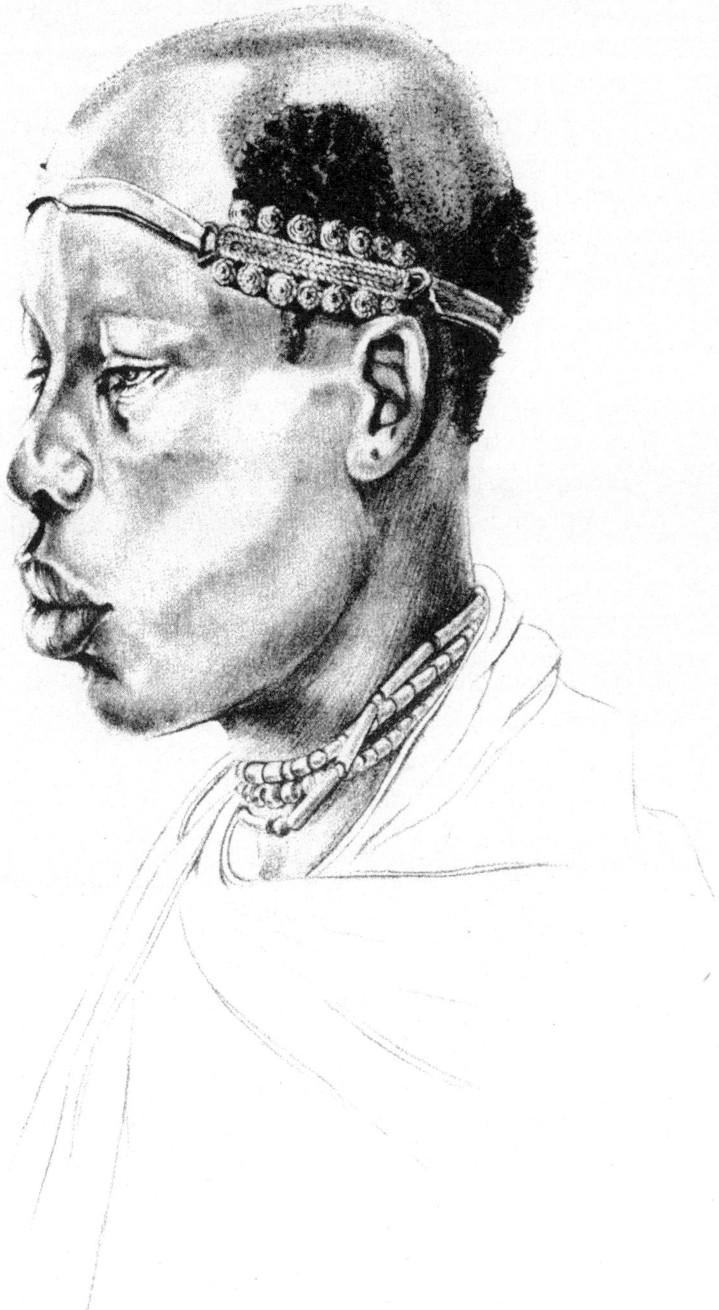

E depois no nono. Primeiro ignore o nono. Mas depois de se ter lavado finalmente nesse nono pote, você vai conseguir compreender a língua dos djinns. E vai entender a linguagem de todos os animais e também dos pássaros, e vai conseguir conversar com eles. E depois que você conseguir conversar com os djinns, pergunte-lhes sobre o grande Tabele, o grande tambor de guerra. O djinn mais velho de todos lhe dirá, e, quando você tiver o grande Tabele, vai conseguir encontrar Uagadu novamente.

Lagarre saiu. Lagarre foi imediatamente para o rio. Encontrou as quatro árvores Djalla. Encontrou os nove potes. Banhou-se neles. E depois disso passou a compreender a língua dos djinns, dos animais e dos pássaros.

No dia seguinte, os outros filhos de Mama Dinga juntaram-se ao pai para a refeição da manhã. Quando o mais velho chegou, Mama Dinga perguntou-lhe:

— Você fez o que lhe mandei fazer?

O filho mais velho perguntou:

— O que você me mandou fazer, e quando? Mama Dinga disse:

— Ontem à noite mandei chamá-lo à minha presença e lhe disse umas coisas.

O filho mais velho respondeu:

— Mas eu não conversei com você ontem à noite. Então o velho escravo fiel disse ao rei:

— Ontem à noite você não conversou com seu filho mais velho, e sim com o caçula. Porque seus seis filhos mais velhos sempre me tratam mal. Não valem nada, e se o seu filho mais velho encontrasse Uagadu, logo a destruiria. Por isso, se precisar mandar matar alguém, mate a mim, pois a culpa foi minha.

E então Mama Dinga disse a seu filho mais velho:

— Meu filho, você não vai ser rei, pois acabei de dar tudo a seu irmão caçula. Portanto, torne-se feiticeiro e aprenda a pedir chuva ao nosso deus. Quando você conseguir fazer chover, as pessoas vão procurá-lo e você vai ter influência.

Nesse meio tempo, os djinns mandaram o mais velho de todos eles procurar Lagarre.

O velho djinn disse a Lagarre:

— Naquele arbusto ali há alguém sete anos mais velho do que eu.

Lagarre perguntou:

— Quem é?

O djinn disse:

— É Cuto.[1]

Lagarre perguntou:

— Em que floresta está Cuto?

O djinn mostrou-lhe a floresta.

Lagarre foi à floresta. Encontrou Cuto. Conseguia conversar com Cuto, pois agora entendia a linguagem dos animais e até dos pássaros. Disse a Cuto:

— Mostre-me o Tabele de meu pai.

Cuto perguntou:

— A que povo você pertence?

---

[1] Um varano branco ou lagarto grande considerado particularmente sagrado até hoje. Durante o Ramadã, os marabus tentam pegá-lo para fazer um cozido com a sua carne. (N. E.)

Lagarre disse:
— Sou filho de Dinga.
Cuto perguntou:
— Qual é o nome do pai de seu pai? Lagarre respondeu:
— Não sei.
Cuto disse:
— Não conheço você, mas sei quem é Dinga. Não conheço Dinga, mas sei quem é Kiridjo, o pai de Dinga. Mas há alguém que é dezessete anos mais velho que eu.
Lagarre perguntou:
— Quem é?
Cuto respondeu:
— É Turume, o chacal, que está tão velho que não tem mais dentes.
Lagarre perguntou:
— Onde está ele?
Cuto mostrou-lhe a floresta onde Turume estava.
Lagarre foi com seus soldados para a floresta. Encontrou Turume. Turume perguntou-lhe:
— Quem é você?
Lagarre respondeu:
— Sou o filho de Dinga.
Turume perguntou:
— Qual é o nome do pai de seu pai?
Lagarre respondeu:
— Não sei.
Turume disse:
— Não conheço você, mas sei quem é Dinga. Não conheço Kiridjo, mas sei quem é Kiridjotamani, o pai

de Kiridjo. Sou muito velho, mas existe alguém que é vinte e sete anos mais velho que eu.

Lagarre perguntou:

— Quem é?

Turume disse:

— É Colico, o gavião.

Lagarre perguntou:

— Onde Colico vive?

Turume mostrou-lhe.

Lagarre partiu com seus homens à procura de Colico. Quando o encontrou, pediu-lhe:

— Mostre-me o Tabele de meu pai.

Colico perguntou:

— Quem é você?

Lagarre respondeu:

— Sou o filho de Dinga.

Colico disse:

— Não o conheço, mas sei quem é Dinga. Não conheço Dinga, mas sei quem é Kiridjo. Não conheço Kiridjo, mas sei quem é Kiridjotamani. Sei onde está o Tabele, mas estou fraco e velho demais, tanto para lhe mostrar quanto para pegá-lo para você. Como pode ver, minhas penas caíram por causa da idade e não consigo nem voar desse galho onde estou empoleirado.

Lagarre perguntou-lhe:

— O que devo fazer?

Colico respondeu:

— Deve tomar as providências necessárias para que eu volte a ser forte. Tem de me trazer um monte de coisas. Fique aqui comigo durante sete dias. Mande matar um cavalo e um burro, ambos jovens, todas as manhãs, e dê-me o coracão e o fígado de ambos. À noite e de manhã você tem de me alimentar com eles. Se você satisfizer essas condições durante sete dias, voltarei a ser forte e a ter penas, e poderei trazer-lhe o Tabele de seu bisavô.

Lagarre ficou ali sete dias. Toda manhã mandava matar um cavalo e um burro, ambos jovens, e dava o fígado e o coração de ambos a Colico. Alimentava Colico de manhã e à noite. A força do gavião voltou e suas penas cresceram. Conseguiu voar de novo. Voou até o lugar em que os djinns tinham amarrado o Tabele no céu. Mas não teve força suficiente para cortar as correias que prendiam o tambor. Voltou e disse a Lagarre:

— Durante mais três dias você precisa mandar matar um cavalo e um burro por dia e dar-me o coração e o fígado de ambos, pois ainda não estou forte o bastante para cortar as correias que prendem o Tabele no céu. No final de três dias, já terei força suficiente.

Durante mais três dias Lagarre mandou matar um cavalo e um burro por dia. No terceiro dia, Colico estava muito forte. Voou até o céu, soltou o Tabele e trouxe-o para Lagarre.

Colico disse a Lagarre:

— Volte. Durante dois dias você não pode tocar o Tabele, mas no terceiro deve tocá-lo. Então você vai encontrar Uagadu.

Lagarre partiu. Durante dois dias viajou rumo a seu lar. Depois tocou o Tabele e viu Uagadu diante de seus olhos. Os djinns tinham mantido a cidade escondida todo aquele tempo.

A LUTA COM O DRAGÃO BIDA*

Colico também disse a Lagarre:

— Quando chegar a Uagadu, vai ver a grande serpente Bida. Bida recebia dez jovens donzelas todo ano, que lhe eram dadas por seu avô. E, em troca dessas dez moças, ela fazia chover três vezes por ano. Chovia ouro.

Lagarre perguntou:

— Eu também tenho de sacrificar dez moças?

Colico respondeu:

— Bida vai querer fazer um trato com você. Vai exigir dez moças donzelas. Você deve recusar. Diga que lhe dará somente uma; e cumpra sua palavra.

Lagarre chegou a Uagadu. Diante das portas da cidade estava Bida, cujo corpo formava sete grandes espirais. Lagarre perguntou:

— Para onde você está indo?

E Bida respondeu com outra pergunta:

— Quem é seu pai?

---

* No decorrer do texto é designado por serpente Bida. (N. E.)

Lagarre replicou:
— Meu pai é Dinga.
E Bida perguntou de novo:
— E quem é o pai de seu pai?
Lagarre disse:
— Não o conheci.
Bida disse:
— Não conheço você, mas sei quem é Dinga. Não conheço Dinga, mas sei quem é Kiridjo. Não conheço Kiridjo, mas sei quem é Kiridjotamani. Não conheço Kiridjotamani, mas sei quem é Uagana Saco. Seu bisavô dava-me dez donzelas todo ano. E por causa delas eu faço chover ouro três vezes por ano. Você vai fazer o que ele fazia?
Lagarre disse:
— Não.
Bida perguntou:
— Você vai me dar oito donzelas por ano?
Lagarre respondeu:
— Não.
Bida perguntou:
— Você vai me dar sete donzelas por ano?
Lagarre respondeu:
— Não.
Bida perguntou:
— Você vai me dar seis donzelas por ano?
Lagarre respondeu:
— Não.
Bida perguntou:
— Você vai me dar cinco donzelas por ano?
Lagarre respondeu:

— Não.
Bida perguntou:
— Você vai me dar quatro donzelas por ano?
Lagarre respondeu:
— Não.
Bida perguntou:
— Você vai me dar três donzelas por ano?
Lagarre respondeu:
— Não.
Bida perguntou:
— Você vai me dar duas donzelas por ano?
Lagarre respondeu:
— Não.
Bida perguntou:
— Você vai me dar uma donzela por ano?
Lagarre respondeu:
— Sim, eu lhe darei uma donzela todo ano se você fizer chover ouro três vezes por ano.
Bida disse:
— Então eu vou me contentar com isso e vou fazer chover ouro três vezes por ano sobre Uagadu.

Havia quatro homens respeitados em Uagadu: Uagana Saco, Dajabe Sise, Damangile (o fundador da casa de Djaora, da qual as famílias soninquês aristocráticas dizem ser descendentes) e Mamadi Sefe Decote (Sefe Decote significa: "aquele que fala raramente").

Uagana Saco era extraordinariamente ciumento. E, por esse motivo, cercou seu pátio com uma grande muralha na qual não havia uma única porta. A única forma de entrar no pátio era saltar sobre a muralha num cavalo chamado Samba Ngarranja. Samba Ngarranja era o único cavalo capaz de saltar a muralha, e Uagana Saco guardava o cavalo com tanto ciúme quanto guardava sua mulher. Nunca permitia que Samba Ngarranja cobrisse uma égua, pois tinha medo de que o potrinho viesse a ser um saltador tão bom quanto Samba Ngarranja, e que uma outra pessoa conseguisse pular a muralha.

Mamadi Sefe Decote comprou uma égua. Deixou que Uagana Saco o visse trancá-la cuidadosamente em sua casa. Certo dia, Mamadi Sefe Decote, que era tio de Uagana Saco, roubou o garanhão Samba Ngarranja, deixou-o cobrir sua égua e depois o devolveu secretamente a seu estábulo. A égua de Mamadi Sefe Decote teve um potro que prometia ser tão bom saltador quanto Samba Ngarranja e com o qual Mamadi Sefe Decote tinha certeza de que poderia saltar a muralha. Quando o potro estava com três anos de idade, tinha forças suficientes para o salto.

Então Uagadu entrou em guerra. Mamadi Sefe Decote retornou de noite secretamente a Uagadu montado em seu garanhão de três anos de idade. Com um salto incrível, pulou a grande muralha, amarrou seu cavalo no pátio e foi procurar a mulher de Uagana Saco. Conversou com ela, deitou-se a seu lado e pôs a cabeça em seu colo.

Naquela mesma noite, Uagana Saco também deixou as trincheiras e foi para casa visitar sua mulher. Pulou a muralha com Samba Ngarranja e ficou muito surpreso ao ver outro cavalo amarrado em seu pátio. Amarrou Samba Ngarranja e deu uma boa olhada naquele cavalo desconhecido. Depois ouviu sua mulher conversando dentro de casa. Encostou suas armas na parede e ouviu. Mas Mamadi Sefe Decote e a mulher de Uagana Saco falavam pouco. Um rato correu por uma viga acima deles. Atrás dele vinha um gato. O rato viu o gato e ficou tão aterrorizado que caiu. O gato deitou as garras no rato. Mamadi Sefe Decote pegou a mulher de Uagana Saco pelo braço e disse:

— Olhe aquilo! Olhe só aquilo!

A mulher respondeu:

— Sim, eu vi.

Mamadi Sefe Decote disse:

— Assim como o rato tem medo do gato, nós temos medo de seu marido.

Uagana Saco, escutando lá fora, ouviu o que foi dito. E quando ouviu, teve de ir embora, pois o homem desconhecido havia dito que tinha medo dele (era considerado pouco cavalheiresco um soninquê desafiar um homem que admitira estar com medo). Uagana Saco pegou suas armas, montou seu cavalo, pulou a muralha e voltou para as trincheiras. Mais tarde, Mamadi Sefe Decote também partiu da corte e juntou-se a seus companheiros no cinza da manhã.

Uagana Saco não sabia quem tinha visitado sua mulher naquela noite, e Mamadi Sefe Decote não tinha ideia de que Uagana Saco tinha voltado a Uagadu e ouvido suas palavras. Portanto, nenhum dos dois podia acusar o outro, e o dia passou sem brigas. À noite, um cantor pegou seu alaúde e cantou. Mais tarde, Uagana Saco aproximou-se do artista, dedilhou as cordas e cantou:

— Na noite passada ouvi uma palavra, e se não a tivesse ouvido Uagadu teria sido destruída (referia-se à palavra "medo"). Mamadi Sefe Decote também dedilhou as cordas do alaúde e cantou:

— Se alguém tivesse ouvido o que foi dito na noite passada, Uagadu teria sido destruída. Mas ninguém ouviu.

E então o povo de Uagadu disse:

— Vamos voltar a Uagadu. Pois se no começo de uma campanha as pessoas começarem a brigar, não chegaremos a bom termo.

E todos voltaram a Uagadu.

O povo de Uagadu disse:

— A próxima primogênita em Uagadu será dada a Bida. A próxima primogênita foi Sia Jata Bari. Sia Jata Bari era maravilhosamente linda. Era a moça mais bela de toda a Soninquelândia. Era tão bela que até hoje os soninquês e outros povos, quando querem fazer o maior de todos os elogios a uma moça, dizem:

— É tão bela quanto Sia Jata Bari.

Sia Jata Bari tinha um amante, e o amante era Mamadi Sefe Decote. Todos em Uagadu diziam:

— Não sabemos se Uagadu algum dia terá uma moça tão linda quanto Sia Jata Bari.

Por isso, Mamadi Sefe Decote tinha muito orgulho de sua amada. Certa noite, Sia Jata Bari foi dormir com seu amante (mas sem lhe permitir que a tocasse). Sia Jata Bari disse:

— Toda amizade deste mundo deve ter um fim.

Mamadi Sefe Decote disse:

— Por que diz isso?

Sia Jata Bari respondeu:

—Nenhuma amizade pode durar para sempre, e eu sou aquela que vai ser dada à serpente Bida.

Mamadi Sefe Decote disse:

— Se isso acontecer, Uagadu pode se arruinar, que eu não lutarei por ela.

Sia Jata Bari disse:

— Não crie problemas por causa disso. Assim está destinado e é um velho costume com o qual devemos nos conformar. Estou destinada a ser a noiva de Bida e não há nada a fazer a respeito disso.

Na manhã seguinte, Mamadi Sefe Decote afiou sua espada. Deixou-a o mais afiada possível. Lançou um grão de cevada para o alto e cortou-o de um golpe para testar o fio de sua arma. Depois recolocou a espada na bainha. As pessoas vestiram Sia Jata Bari como se fosse para o seu casamento, enfeitaram-na com joias e belas roupas; depois formaram uma longa procissão para acompanhá-la até a serpente. Bida vivia num poço grande e fundo num dos cantos da cidade. E para lá a procissão se dirigiu. Mamadi Sefe Decote empunhou a espada, montou em seu cavalo e acompanhou a procissão.

Ao receber um sacrifício, Bida estava acostumada a pôr a cabeça três vezes fora do poço antes de pegar sua vítima. Quando a procissão parou no local do sacrifício, Mamadi Sefe Decote ocupou um lugar bem perto da borda do poço. Logo depois Bida pôs a cabeça para fora. O povo de Uagadu disse a Sia Jata Bari e a Mamadi Sefe Decote:

— Está na hora de dizer adeus. Despeçam-se um do outro! Bida pôs a cabeça para fora uma segunda vez. O povo de Uagadu gritou:

— Despeçam-se logo um do outro! Está na hora!

Pela terceira vez, Bida pôs a cabeça para fora da borda do poço. Naquele momento Mamadi Sefe Decote brandiu a espada e de um só golpe cortou a cabeça da serpente. A cabeça voou longe e, antes de cair na terra, disse:

— Que durante sete anos, sete meses e sete dias, Uagadu fique sem sua chuva de ouro.

A cabeça caiu longe, muito longe, para as bandas do sul, de onde vem o ouro.

O povo de Uagadu ouviu a maldição de Bida. Gritaram com Mamadi e cercaram-no. Mas Mamadi pulou em cima de seu cavalo, puxou Sia para a garupa e esporeou seu garanhão, dirigindo-se para Sama-Marcala, uma cidade ao norte de Segu, às margens do Níger, onde vivia sua mãe. Mam di Sefe Decote tinha um bom cavalo, gerado por Samba Ngarranja. O único cavalo que poderia superá-lo era o próprio Samba Ngarranja. Por isso o povo de Uagadu exigiu que Uagana Saco fosse atrás dele, que alcançasse Mamadi e o matasse. Uagana Saco pulou em cima do seu cavalo e perseguiu o tio, Mamadi Sefe Decote.

Uagana Saco logo alcançou o tio, cujo cavalo estava levando uma carga dupla. Pegou sua lança e atirou-a com força no chão. Depois disse a Mamadi:

— Fuja o mais depressa que puder, meu tio, pois, se o povo de Uagadu o pegar, com certeza o matará. Não vou matá-lo, pois sou seu sobrinho. Fuja para a casa de sua mãe em Sama.

Depois desmontou e tentou arrancar sua lança do chão.

Depois de algum tempo, o povo de Uagadu chegou. Ele disse:

— Ajudem-me a tirar minha lança do chão. Eu a atirei em Mamadi Sefe Decote, mas errei o alvo e ela penetrou tão profundamente no chão que não consigo tirá-la sozinho.

As pessoas ajudaram-no a arrancar a lança e mandaram-no outra vez atrás de Mamadi Sefe Decote. Uagana logo alcançou o tio de novo e mais uma vez atirou sua lança no chão e gritou:

— Fuja para a casa de sua mãe em Sama.

E mais uma vez esperou o povo de Uagadu para ajudá-lo a arrancar a lança do chão, e pela terceira vez repetiu o mesmo ato. Quando o povo de Uagadu o alcançou novamente, Mamadi Sefe Decote já tinha chegado a Sama.

A mãe de Mamadi saiu da cidade para receber os cavalei-ros de Uagadu. Disse a Uagana Saco:

— Volte e deixe meu filho vir a mim em paz.

Uagana Saco respondeu:

— Pergunte a seu filho se não o salvei para ele vir até você e se ele não tem de me agradecer o fato de ainda estar vivo.

Mamadi Sefe Decote disse:

— Matei Bida para salvar essa donzela com quem me casarei. Cortei a cabeça da serpente. Antes de cair na terra, a cabeça de Bida disse: "Que durante sete anos, sete meses e sete dias, Uagadu fique sem sua chuva de ouro". E por isso o povo de Uagadu se enfureceu e mandou Uagana Saco me perseguir montado em Samba Ngarranja e me matar. E foi assim que cheguei aqui com Sia Jata Bari.

Em Uagadu, Mamadi Sefe Decote acostumara-se a dar um *mutucale tamu* (cerca de mil francos) em ouro a Sia Jata Bari quando ela o deixava de manhã. Durante três meses ela recebeu um *mutucale tamu* toda manhã. Mas, apesar disso, ela não se entregava a Mamadi Sefe Decote. Mas, em Sama, onde não havia nenhuma serpente de ouro para enriquecer a terra, esses presentes acabaram. Para Sia, Mamadi não servia para mais nada. Por isso, certa manhã, ela lhe disse:

— Estou com dor de cabeça. Só existe uma forma de curá-la: corte um de seus mindinhos do pé para eu banhar minha testa com o sangue.

Mamadi Sefe Decote realmente amava muito aquela moça.

Cortou um dos mindinhos. Depois de algum tempo, Sia disse:

— Ainda não estou bem. A dor de cabeça não passou. Portanto, corte um mindinho da mão. Se eu banhar a minha testa com o sangue, vou melhorar com certeza.

Mamadi amava realmente Sia. Cortou o mindinho. Depois Sia enviou-lhe uma mensagem dizendo:

— Só gosto de gente com dez dedos nas mãos e nos pés. Não gosto de gente com nove dedos e nove artelhos.

Mamadi recebeu a mensagem. Ao ouvir aquelas palavras, Mamadi ficou com raiva, com tanta raiva que caiu doente e quase morreu. Mandou chamar uma velha à sua presença. A velha chegou e perguntou:

— O que há com você, Mamadi Sefe Decote?

Mamadi respondeu:

— Estou doente de raiva, raiva da forma como Sia Jata Bari me tratou. Por Sia, eu matei a serpente Bida. Por causa de Sia, eu fiz que Uagadu fosse amaldiçoada. Por causa de Sia, fugi de Uagadu. Por causa de Sia, me desfiz de grandes quantias em ouro. Por causa de Sia, cortei o mindinho do pé. Por causa de Sia, cortei o mindinho da mão. E agora Sia manda um recado para mim dizendo que só gosta de gente com os dez dedos nos pés e nas mãos, que não gosta de gente que só tem nove dedos nos pés e nas mãos. E isso me deixou doente de raiva.

A velha disse:

— O seu caso não é tão difícil assim. Dê-me sua caixa de rapé. Mamadi pensou que a velha queria cheirar um pouquinho de rapé. Passou-lhe a sua caixa. A velha pegou-a e disse:

— Para você ver que não é difícil, dê uma olhada na caixa. Há pouco havia rapé aqui dentro. E agora que peguei a caixa em minhas mãos, ele se transformou em ouro. E seu caso não é tão difícil de resolver quanto esse. Pois é mais fácil encher Sia de amor do que encher de ouro sua caixa de rapé. Diga-me, se eu lhe der um bocado de manteiga de carité (isto é, manteiga feita com as sementes do carité), você conseguiria fazer Sia passá-la nos cabelos?

Mamadi Sefe Decote respondeu:

— Sim, isso eu consigo.

E então a velha preparou um bocado de carité com *borri* (um preparado mágico) e deu o feitiço completo a Mamadi.

Em Sama havia uma mulher que era excelente cabeleireira. Essa mulher se chamava Cumbadamba. Mamadi mandou chamá-la e disse:

— Eu lhe darei um *mutucale tamu* em ouro se você usar esse carité para pentear o cabelo de Sia Jata Bari. Acha que consegue fazer isso?

Cumbadamba respondeu:

— Não é difícil. Certamente o farei.

Mamadi deu-lhe o carité mágico e deixou o resto do problema em suas mãos.

Certo dia, Sia mandou chamar Cumbadamba e disse:

— Penteie meu cabelo.

Sia chamou sua serva e disse:

— Vá lá dentro e pegue o carité (a manteiga de carité em geral é usada para pentear os cabelos).

Cumbadamba disse:

— Não é necessário, pois ocorre que tenho muito carité aqui.

E começou a trabalhar. Assim que terminou de pentear um lado da cabeça de Sia no qual tinha esfregado a manteiga, Sia levantou-se de um salto e disse:

— Mamadi está me chamando.

Saiu correndo à procura de Mamadi e, quando o encontrou, disse-lhe:

— Você me chamou, meu irmão mais velho? (Essa era a forma de expressão do amor mais profundo.)

Mamadi não a tinha chamado; era apenas o *borri* que estava começando a fazer efeito. Mamadi disse:

— Não, não a chamei, pois só tenho nove dedos nas mãos e nove dedos nos pés e sei que você só gosta de gente com dez dedos nas mãos e dez dedos nos pés.

Sia voltou e deixou Cumbadamba continuar a penteá-la.

Depois que ela terminou de pentear o outro lado da cabeça, no qual espalhara a manteiga, Sia levantou-se de um salto e disse:

— Deixe-me ir. Mamadi está me chamando. Correu até Mamadi Sefe Decote e perguntou: — Você me chamou, meu irmão mais velho?

Mamadi não a tinha chamado; era só o *borri* que estava começando a fazer efeito no outro lado da cabeça da moça. Mamadi respondeu:

— Não, não a chamei, pois só tenho nove dedos nas mãos e nove dedos nos pés e sei que você só gosta de gente com dez dedos nas mãos e dez dedos nos pés.

Sia voltou à cabeleireira e deixou Cumbadamba terminar seu trabalho. Cumbadamba amaciou-lhe o cabelo e usou bastante borricaritá, de modo que Sia levantou-se de um salto e disse com impaciência:

— Agora você pode me deixar ir. Mamadi está me chamando.

Correu até Mamadi e perguntou:

— Você me chamou, meu irmão mais velho?

Mamadi respondeu:

— Sim, chamei. Queria lhe pedir que viesse me ver à noite.

Sia respondeu:

— Esta noite irei para o nosso casamento.

Até então as tentativas de Mamadi Sefe Decote possuir Sia Jata Bari não tinham tido êxito.

Mamadi foi ao pátio de sua residência e mandou que a casa e a cama fossem arrumadas. Tinha um jovem escravo chamado Blali, no qual tinha confiança e a quem entregara seu cavalo para que cuidasse dele. Chamou Blali e disse:

— Dê-me sua roupa velha para usar. Mas primeiro lave-a e limpe-a completamente. Depois se lave e se deite em minha cama lá dentro de minha casa. À meia-noite, uma mulher, Sia, virá procurá-lo. Não lhe dirija nem uma única palavra. Ela vai pensar que sou eu ao seu lado, está acostumada com o fato de eu falar pouco. Por isso o meu nome, Sefe Decote. Não converse com ela, mas faça amor com ela — como se deve. Você tem de fazer amor com ela. Se não fizer amor com ela, de manhã simplesmente mandarei matá-lo. Entendeu?

Blali respondeu:

— Farei o que me pede.

À noite, Sia chegou. Mamadi tinha deixado seus sapatos ao pé da cama para que ela os visse, reconhecesse e acreditasse que era ele que estava na cama. Ela chegou, reconheceu os sapatos e deitou-se ao lado do escravo. Depois disse:

— Cassunca (boa noite).

Blali só resmungou como resposta para não se trair. Ela disse:

— Meu irmão mais velho, sei que você fala pouco, mas fale comigo agora. Imploro-lhe, responda-me agora.

Blali tomou Sia nos braços.

Na manhã seguinte, Mamadi Sefe Decote entrou na cabana com as roupas de Blali e gritou:

— Blali!

Blali respondeu:

— Senhor!

Mamadi perguntou:

— Por que você não cuidou do meu cavalo hoje de manhã em vez de dormir com essa desavergonhada Sia?

Blali respondeu:

— Se não fiz meu trabalho esta manhã, não é desculpa suficiente eu ter conseguido dormir com Sia, de quem toda Uagadu diz que é a mais bela donzela da terra?

Deitada na cama, Sia ouviu aquelas palavras. Todo o seu corpo começou a tremer. E tremendo ela disse:

— Meu irmão mais velho, você soube se vingar.

E, por vergonha, Sia ficou na casa o dia inteiro. Não ousava aventurar-se lá fora. Mas, à noite, saiu sem ser vista e entrou furtivamente nas sombras de sua própria casa. E lá sua vergonha foi tão grande que ela morreu.

Essa foi a vingança de Mamadi Sefe Decote contra Sia Jata Bari.

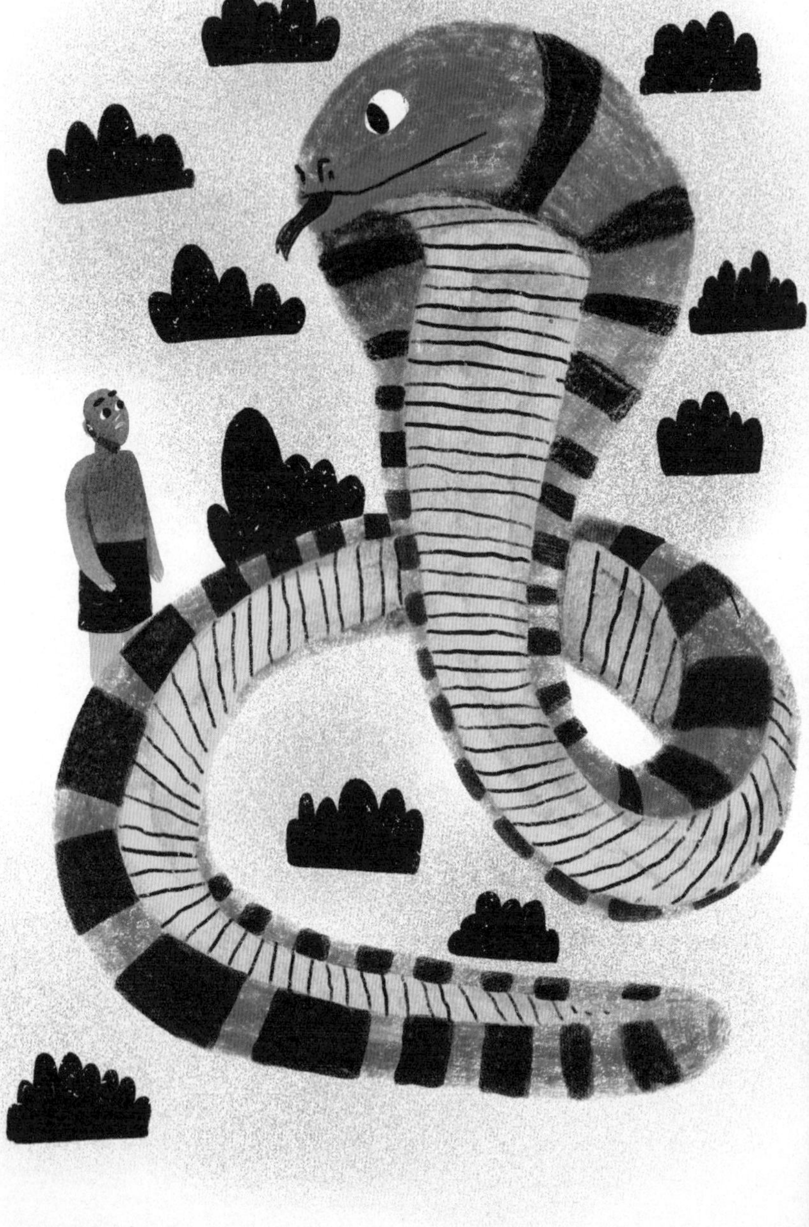

SAMBA GANA

Analja Tu Bari era filha de um príncipe que vivia perto de Uagana e todos a consideravam muito bela e muito inteligente. Muitos cavaleiros vieram pedir sua mão, mas ela exigia de cada um deles algo que o pretendente não estava disposto a fazer. O pai de Analja Tu Bari não possuía somente a cidade onde ela vivia, mas também muitas aldeias na zona rural. Certo dia, ele brigou com um governante vizinho por causa de uma dessas aldeias. O pai de Analja perdeu o duelo que se seguiu e, em consequência, perdeu a aldeia também. E este foi um golpe tão grande em seu orgulho que ele morreu. Analja herdou a cidade e as terras em volta, mas exigia de todo pretendente não só que ele recuperasse a aldeia perdida, como também que conquistasse mais oitenta cidades e aldeias. O tempo passou. Analja continuava solteira, e ficava mais linda a cada ano. Mas perdeu a alegria de viver. Todo ano ela ficava mais linda e mais melancólica. E, seguindo seu exemplo, todos os cavaleiros, bardos, artesãos e escravos da terra de Analja perderam a capacidade de rir.

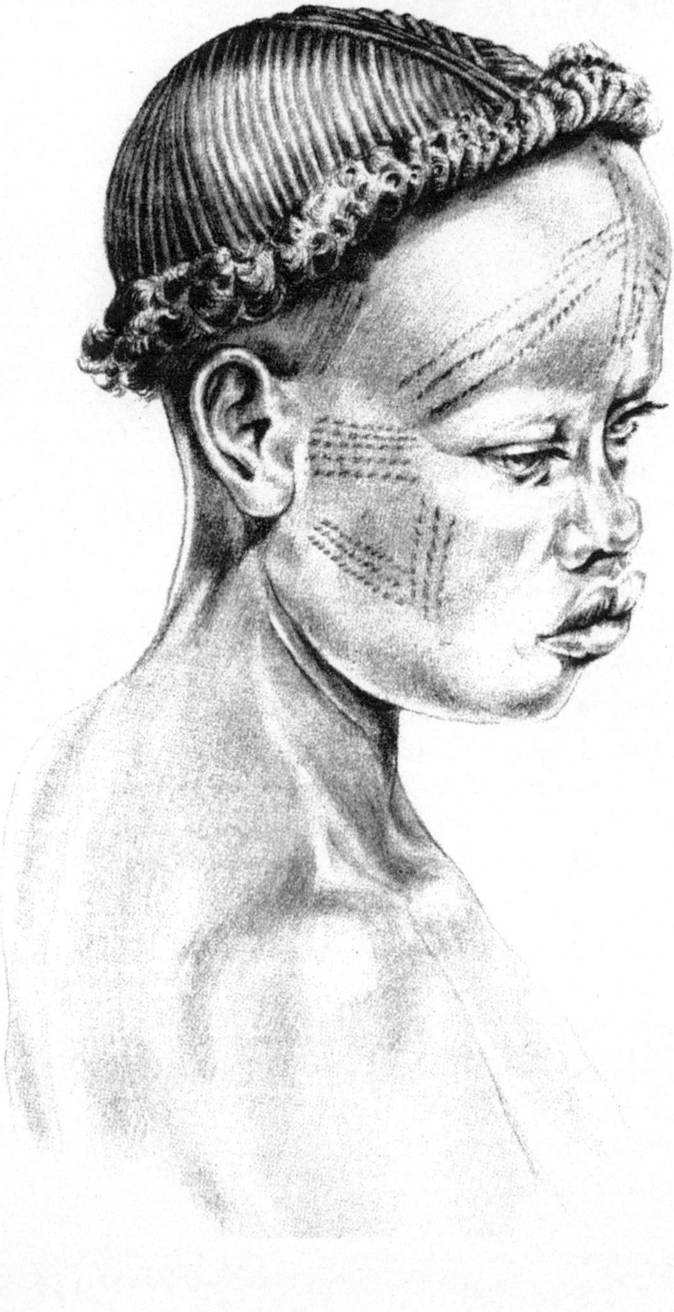

Em Faraca vivia um príncipe chamado Gana e que tinha um filho, Samba Gana. Quando Samba Gana se tornou homem, seguiu o costume de seu povo e, levando consigo dois bardos e dois servos, deixou a casa de seu pai e saiu à procura de uma terra que fosse sua, pela qual estava disposto a lutar.

Samba Gana era jovem. Seu mestre era o bardo Tararafe, que o acompanhou. Samba Gana estava feliz e, ao partir, riu de pura alegria. Samba Gana chegou a uma cidade e desafiou o príncipe que a governava. Lutaram. O povo da cidade assistiu. Samba Gana venceu. O príncipe derrotado pediu para não ser morto e ofereceu sua cidade a Samba Gana. Samba Gana disse:

— Sua cidade nada significa para mim. Pode ficar com ela. Samba Gana seguiu seu caminho. Lutou com um príncipe após outro e sempre devolvia as cidades que conquistava. Sempre dizia:

— Fique com sua cidade. Ela não é nada para mim.

Finalmente Samba Gana venceu todos os príncipes de Faraca e ainda não tinha cidade nem terra que fosse sua, pois ele sempre devolvia o que conquistava e seguia seu caminho, rindo.

Certo dia, estava acampado às margens do rio Níger. O bardo Tararafe cantou uma música que falava de Analja Tu Bari; cantou sobre a beleza, a melancolia e a solidão de Analja Tu Bari. Tararafe cantava: "Só aquele que subjugar oitenta cidades conseguirá conquistar Analja Tu Bari e fazê-la rir". Samba Gana ouviu. Samba Gana levantou-se de um salto. Samba Gana gritou:

— De pé! Selem os cavalos! Vamos para a terra de Analja Tu Bari!

Samba Gana partiu com seus servos e seus bardos. Viajaram noite e dia. Cavalgaram por muito tempo. Finalmente chegaram à cidade de Analja Tu Bari. Ele viu que ela era bela e que não ria. Samba Gana disse:

— Analja Tu Bari, mostre-me as oitenta cidades.

Samba Gana partiu imediatamente para conquistá-las. Disse a Tararafe:

— Fique com Analja Tu Bari, cante para ela a fim de ajudá-la a passar o tempo e fazê-la rir.

Tararafe ficou com Analja Tu Bari. Cantava todos os dias músicas que falavam dos heróis de Faraca, das cidades de Faraca e da grande serpente de Issa Beer, que fazia o rio transbordar, de forma que num ano o povo tinha abundância de arroz e no outro passava fome. Analja Tu Bari prestou atenção a tudo quanto o bardo cantou. Enquanto isso, Samba viajava pelo país. Lutou com um príncipe após outro. Venceu todos os oitenta príncipes. E disse a todo príncipe derrotado:

— Procure Analja Tu Bari e diga-lhe que sua cidade agora lhe pertence.

Todos os oitenta príncipes e muitos cavaleiros vieram para a cidade de Analja Tu Bari e ficaram ali. A cidade cresceu muito, e então Analja Tu Bari passou a governar todos os príncipes e cavaleiros da terra.

Samba Gana voltou à cidade de Analja Tu Bari e disse-lhe:

— Analja Tu Bari, tudo quanto você desejava agora é seu.

E ela respondeu:

— Você fez o seu trabalho muito bem. Agora fique comigo.

Samba Gana perguntou:
— Por que você não ri?

Analja Tu Bari replicou:
— No começo eu não conseguia rir por causa da vergonha de meu pai. Agora não consigo rir porque estou com fome.

E Samba Gana disse:
— O que posso fazer para matar sua fome?

E ela respondeu:
— Vença a serpente de Issa Beer que traz abundância num ano e privação no ano seguinte.

Samba Gana disse:
— Ninguém jamais ousou atacar a serpente, mas vou resolver esse problema.

E Samba Gana partiu em busca da serpente.

Samba Gana viajou até Faraca e procurou a serpente de Issa Beer. Foi mais longe ainda. Chegou a Coriume, não encontrou serpente alguma, e continuou andando na direção contrária à da correnteza, rumo às cabeceiras do rio. Chegou a Bamba, não encontrou serpente alguma, e continuou andando rumo à nascente do rio. Aí encontrou a serpente. Lutaram. Às vezes Samba Gana conseguia ficar em vantagem, outras vezes era a serpente. O rio Níger correu primeiro para um lado e depois para o outro. As montanhas desmoronaram e a terra abriu-se em abismos apavorantes.

Durante oito anos inteiros Samba Gana lutou com a serpente. E, no fim de oito anos, finalmente conseguiu a vitória. No decorrer da luta ele partiu oitocentas lanças e quebrou oitenta espadas. Tudo quanto lhe restou foi uma espada e uma lança, ambas cobertas de sangue. Deu a lança manchada de sangue a Tararafe e disse:

— Procure Analja Tu Bari, dê-lhe a lança e conte-lhe que a serpente foi vencida... e veja se agora ela ri.

Tararafe partiu na direção da cidade de Analja Tu Bari e, quando a encontrou, disse-lhe o que tinha de dizer. Analja Tu Bari disse:

— Volte para onde está Samba Gana e diga-lhe para trazer a serpente vencida para cá, de modo que, como minha escrava, ela possa trazer o rio para o meu país. Só quando Analja Tu Bari avistar Samba Gana com a serpente é que vai poder rir.

Tararafe voltou a Faraca com sua mensagem. Deu o recado a Samba Gana. Samba Gana ouviu as palavras de Analja Tu Bari e disse:

— Ela está querendo demais.

Samba Gana levantou a espada sanguinolenta, mergulhou-a no peito, riu mais uma vez e morreu. Tararafe retirou a espada do corpo de Samba Gana, montou em seu cavalo e voltou à cidade onde vivia Analja Tu Bari. Tararafe disse:

— Aqui está a espada de Samba Gana. Está vermelha com o sangue da serpente e com o sangue de Samba Gana. Samba Gana riu pela última vez.

Analja Tu Bari mandou chamar todos os príncipes e cavaleiros que haviam se reunido em sua cidade. Montou em seu cavalo. Os cavaleiros e príncipes montaram em seus animais, e Analja Tu Bari viajou para o leste com seu povo. Viajaram até chegar a Faraca. Analja Tu Bari encontrou o corpo de Samba Gana e disse:

— Esse herói foi maior que todos os que vieram antes dele. Construam-lhe uma tumba mais alta que a de todos os heróis e de todos os reis.

A obra começou. Oito vezes, oitocentas pessoas cavaram o túmulo. Oito vezes, oitocentas pessoas construíram a câmara mortuária no nível do chão. Oito vezes oitocentas pessoas trouxeram terra de longe, amontoaram-na em cima da câmara, bateram a terra e queimaram-na para endurecê-la. A montanha (um túmulo em forma de pirâmide) ficava cada vez mais alta.

Toda noite, Analja Tu Bari, acompanhada de seus príncipes, cavaleiros e bardos, subia ao topo da montanha, e toda noite os bardos cantavam músicas em louvor ao herói. Toda noite Tararafe cantava a música de Samba Gana. Toda manhã Analja Tu Bari se levantava e dizia:

— A montanha ainda não está suficientemente alta. Continuem construindo até eu conseguir avistar Uagana.

Oito vezes oitocentas pessoas carregaram terra e a amontoaram sobre o túmulo, batendo nela e queimando-a para endurecê-la. Durante oito anos, a montanha cresceu. No fim de oito anos, ao nascer do sol, Tararafe olhou em torno e gritou:

— Analja Tu Bari, hoje consigo ver Uagana.

Analja olhou para o oeste. Analja Tu Bari disse:

— Estou vendo Uagana! Finalmente o túmulo de Samba Gana está tão grande quanto seu nome merece.

E Analja Tu Bari riu. Analja Tu Bari riu e disse:

— Agora me deixem, todos vocês, cavaleiros e príncipes. Vão, espalhem-se pelo mundo e tornem-se heróis como Samba Gana!

Analja Tu Bari riu mais uma vez e morreu. Foi enterrada ao lado de Samba Gana na câmara mortuária da tumba em forma de montanha.

Os oito vezes oitocentos príncipes e Horro partiram, cada um numa direção diferente, lutaram e tornaram-se grandes heróis.

LENDA FULA

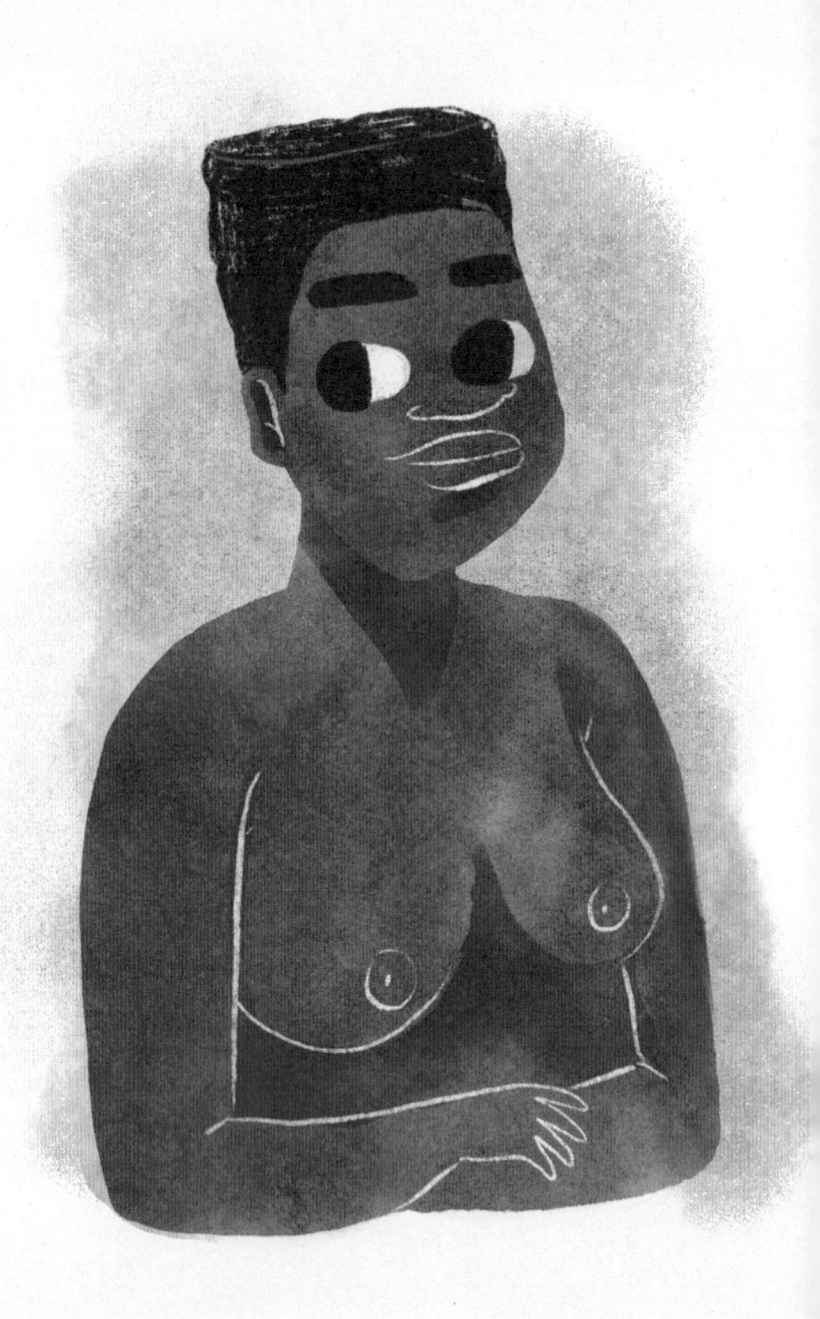

O SANGUE AZUL

Goroba-Dique era do sangue da casa fula de Ardo, que governou Macina durante quinhentos anos. Mas Goroba-Dique não era o primogênito e, por isso, não herdaria terras. Por esse motivo, saiu perambulando pelo país bamana sem se dar ao trabalho de esconder a insatisfação com seu destino nem a amargura que enchia seu peito. Quando desmontava numa aldeia bamana para passar a noite, mandava matar uma criancinha pequena e moer a carne; a carne moída era misturada com água e a massa resultante era usada para alimentar seu cavalo. Quando se encontrava com um ferreiro, obrigava o pobre homem a lhe fabricar facas e lanças, sem lhe permitir usar uma forja. E quando se encontrava com alguém que trabalhava com couro, mandava o homem costurar a cabeça de um hipopótamo. Por isso, por um motivo ou por outro, as tribos bamanas tinham muito medo de Goroba-Dique e do que ele poderia fazer a seguir.

Em sua perplexidade e medo, os bamanas procuraram o bardo Ulal, um cantor e sábio mabo a serviço de Goroba-Dique. Chegaram com um pote cheio de ouro e disseram:

— Você é o único que pode influenciar Goroba--Dique. Nós lhe daremos esse ouro se você lhe disser que sua brutalidade só está fazendo mal ao país e que nem ele, nem nós temos nada a ganhar com isso. Se puder, procure fazer que ele se volte para outra coisa.

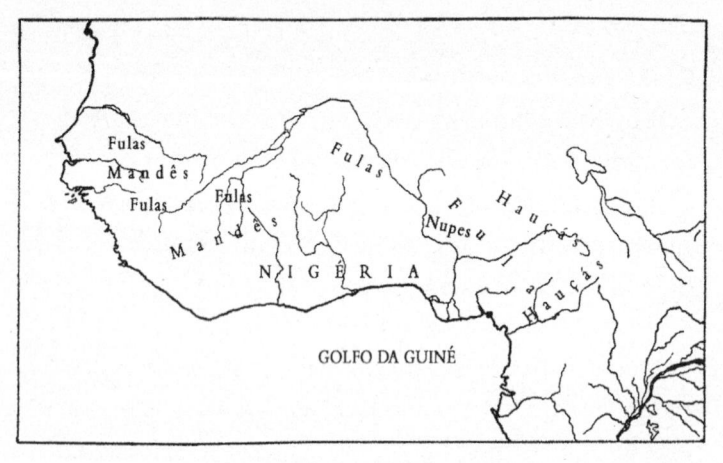

Nigéria. Golfo da Guiné

O bardo Ulal disse:
— Está bem, vou ver o que posso fazer.

Pegou o ouro e alguns dias depois disse a Goroba--Dique:
— Escute, os bamanas não lhe fizeram nada. Se eu fosse você, voltaria minha atenção para os pulos, seu próprio povo, o povo que lhe deve um reino.

Goroba-Dique disse:
— Você tem razão. Para onde devemos ir primeiro?

Ulal respondeu:

— O que acha de viajarmos para Sariam, onde Hamadi Ardo reina?

Goroba-Dique replicou:

— Muito bem. Vamos lá.

Os dois viajaram para Sariam e desmontaram nas terras de um camponês, que não ficavam longe da cidade. Goroba-Dique disse a seu bardo:

— Você fica aqui por um tempo. Quero dar uma olhada na cidade, sozinho.

Tirou suas belas roupas, tomou emprestados os trapos mais esfarrapados do camponês e, parecendo um mendigo, partiu para a cidade. Quando chegou a uma ferraria, parou e disse:

— Sou um pulo e estou sem sorte. Se me der alguma coisa para comer, terei o maior prazer em ajudá-lo em seu trabalho.

O ferreiro respondeu:

— A única serventia que você pode ter para mim é trabalhar com os foles.

Goroba-Dique disse:

— Com prazer.

E Goroba-Dique foi trabalhar de boa vontade. Enquanto estava trabalhando, Goroba-Dique perguntou:

— A quem pertence de fato a cidade?

O ferreiro respondeu:

— Pertence a Hamadi, um rebento da árvore Ardo.

Goroba-Dique disse:

— Ah, então é de Hamadi Ardo! Então ele tem cavalos?

— Claro que sim — respondeu o ferreiro. — Tem muitos, muitos cavalos. É um homem muito rico.

A cidade e ele são ricos, muito ricos: ele tem tudo de que precisa. Também três filhas, e duas delas estão casadas com bravos e excelentes fulas.

Goroba-Dique perguntou:

— E a terceira filha? Ainda é criança?

— Não, não é criança — respondeu o ferreiro. — Já até poderia ter muitos filhos. Mas ela, Code Ardo, é a mais orgulhosa moça fula de toda a Macina. Em seu mindinho ela usa um anel de prata e só vai se casar com aquele em cujo mindinho o anel couber. Pois ela diz que um verdadeiro fula tem de ter ossos delicados e dedos finos. Do contrário, não é um verdadeiro fula.[1]

Na manhã seguinte, como em todas as manhãs, os jovens guerreiros fulas bem-nascidos encontraram-se diante da casa de Hamadi Ardo. Sentavam-se ou ficavam de pé conversando sobre si mesmos. Então Code Ardo, a orgulhosa filhinha do rei, saiu da casa e atirou entre eles seu anel de prata, procurando encontrar entre os presentes um homem em cujo mindinho o anel entrasse. Um deles não conseguiu enfiar nem a ponta do dedo no anel; no dedo de outro, ele entrou até a primeira articulação; um terceiro, suando e contorcendo-se, conseguiu fazê-lo chegar até a segunda articulação; mas ninguém conseguia fazê-lo escorregar como devia pelo dedo. Todos eles fariam isso se pudessem, pois todos queriam se casar com Code. Porque casar-se com ela era indício de

---

[1] É fato que o verdadeiro fula tem uma estrutura óssea extraordinariamente fina e delicada, algo que, tanto entre os africanos quanto entre os europeus, é uma das marcas registradas de origem elevada.

pureza racial. Era a filha do rei. Casar-se com ela daria grande respeito a seu marido.

Na manhã seguinte, a mesma cena se repetiu. E mais uma vez não havia ninguém entre os fulas, de longe e de perto, que conseguisse enfiar o anel no dedo. Mas, dessa vez, a paciência de Hamadi Ardo estava se esgotando e ele disse à filha:

— Agora você vai se casar com o melhor homem que estiver à mão.

O ferreiro que havia dado emprego a Goroba--Dique estava entre os presentes e ouviu as palavras do rei. E disse:

— Tenho um homem trabalhando para mim. Suas roupas não são as mais limpas do mundo, e ele vem do interior. Diz ser um pulo, mas a gente pode ver que é um fula.

Hamadi Ardo replicou:

— Traga-me o homem. Ele também vai tentar pôr o anel de minha filha no dedo.

O ferreiro e alguns outros correram até o seu estabelecimento e disseram a Goroba-Dique:

— Venha logo. O rei quer falar com você.

E Goroba-Dique disse:

— O quê? O rei quer falar comigo? Mas não posso ir, não com essas roupas esfarrapadas e sujas.

O ferreiro respondeu:

— Venha, o rei mandou.

Goroba-Dique foi para a grande praça onde o rei, Code Ardo e todos os jovens bem-nascidos estavam. Foi com seus farrapos mesmo. O ferreiro disse:

— Aqui está ele!

Hamadi Ardo perguntou-lhe:

— Você é fula?

— Sim, sou fula — respondeu ele.

Hamadi Ardo fez outra pergunta:

— E como você se chama?

— Isso eu não vou dizer — respondeu Goroba-Dique.

Hamadi Ardo pegou o anel de sua filha e disse:

— Tente enfiar esse anel no seu mindinho. Goroba-Dique pôs o anel no dedo. Coube perfeitamente.

O rei Hamadi disse:

— Você *tem* de se casar com a minha filha. Code Ardo começou a chorar e falou:

— Não vou me casar com um homem feio e sujo, um homem da roça.

O rei disse:

— Foi você quem quis assim. Agora você tem de se casar com esse homem.

Code Ardo chorou o dia inteiro, mas teve de se casar com o sujo do Goroba-Dique. O casamento foi celebrado no mesmo dia. Naquela noite, Goroba-Dique dormiu com sua mulher. No dia seguinte, Code Ardo chorou. Chorou o dia todo, e disse:

— Oh, que homem sujo este com quem meu pai me fez casar!

Certa manhã, os burdamas (tuaregues) entraram nas terras do rei Hamadi Ardo e roubaram todo o seu gado, e todo o gado de Sariam. Os pastores chegaram correndo e disseram:

— Os burdamas roubaram todo o gado. Vamos atrás deles! Atrás deles!

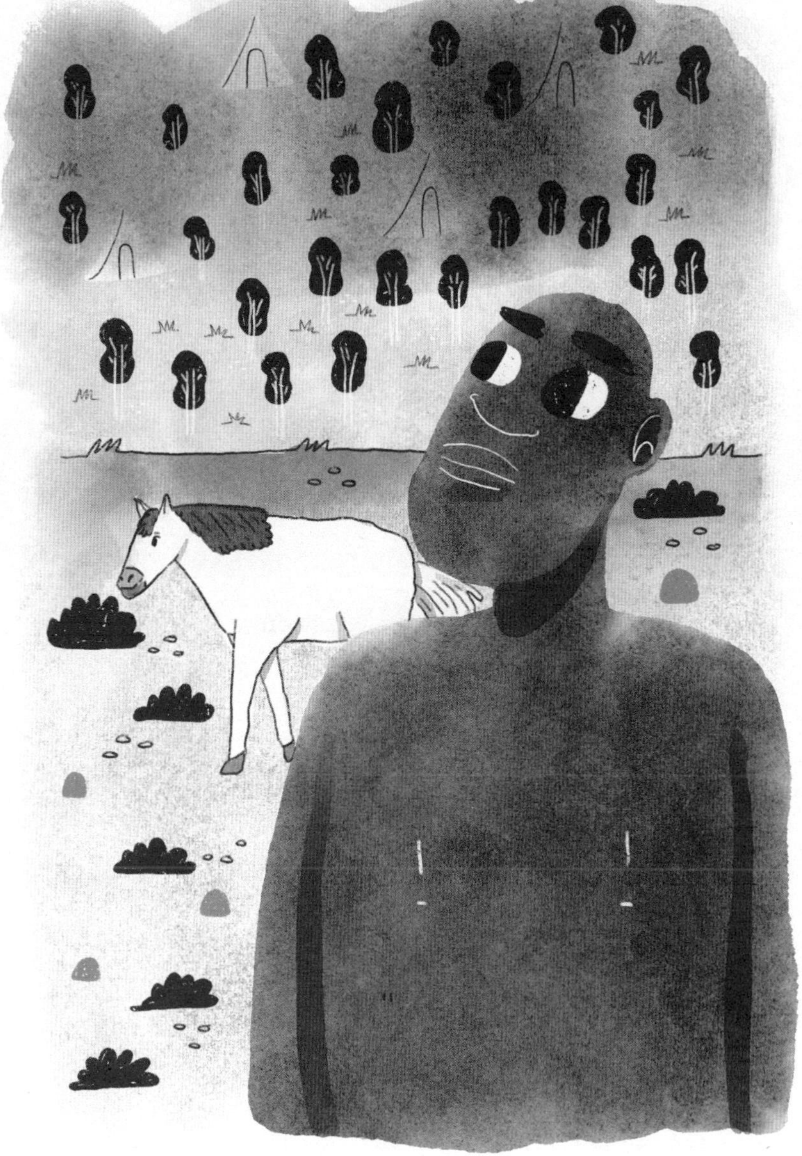

Todos pegaram em armas. Goroba-Dique estava largado num canto sem se mexer. O rei Hamadi Ardo aproximou-se dele e disse:

— Você não vai pegar seu cavalo e guerrear conosco?

— Montar num cavalo? Nunca montei num cavalo em minha vida. Sou filho de um homem pobre. Dê-me um burro. Em cima de um burro eu consigo ficar — disse Goroba-Dique.

Code Ardo chorou. Goroba-Dique montou num burro e partiu, não atrás dos guerreiros, mas em outra direção. Code Ardo chorou muito. E disse:

— Pai, pai, que desgraça o senhor fez cair sobre mim!

Goroba-Dique foi até a fazenda onde tinha deixado seu cavalo, suas armas e seu bardo. Pulou de cima do burro e disse:

— Ulal, casei!

O mabo exclamou:

— O quê!? Você se casou? Mas com quem?

— Casei-me com a moça mais orgulhosa da cidade, Code Ardo, a filha de Hamadi Ardo, o rei — respondeu Goroba-Dique.

— O quê? Mas você teve essa sorte toda? — perguntou o bardo.

— Tive. Mas hoje tenho mais uma coisa para fazer. Os burdamas roubaram o gado do meu sogro. Agora ande logo com minhas roupas e minhas armas; sele-me um cavalo. Assim vou poder cortar caminho.

Ulal fez o que o outro lhe pedira, e depois perguntou:

— Posso ir com você?

E Goroba-Dique respondeu:

— Não, hoje não.

E partiu a toda a velocidade que seu cavalo lhe permitia. Logo alcançou os outros e cavalgou paralelo a eles, mas a certa distância. Os dois genros de Hamadi Ardo e outros fulas viram-no aproximar-se e disseram:

— Deve ser Djinar, o demônio. Vamos conquistá-lo para a nossa causa. Assim vamos sair vitoriosos e recuperar o gado com toda a certeza.

Alguns se aproximaram dele e perguntaram:

— Para onde está indo? O que quer?

E Goroba-Dique respondeu:

— Estou indo lutar e ajudar aquele que me der vontade de ajudar.

Os homens perguntaram:

— Você é Djinar?

— É claro que sim, sou Djinar.

— Então vai nos ajudar? — perguntaram os homens.

— E por que os ajudaria? — perguntou Goroba-Dique. — Quantos genros o rei Hamadi Ardo tem em suas tropas?

— Dois deles — responderam os homens.

— Se cada um deles me der uma de suas orelhas em pagamento, eu ajudo vocês — replicou Goroba-Dique.

— Mas isso é impossível — disseram os homens. — O que vão dizer na cidade?

— Isso é muito simples — respondeu Goroba-Dique. — Tudo quanto esses dois genros precisam dizer é que perderam a orelha em batalha. A cabeça estava numa tal posição que eles só receberam um golpe de raspão. E isso é respeitável.

Os homens voltaram e foram falar com os genros do rei.

No início eles não queriam nem saber daquela proposta, mas finalmente deixaram que uma de suas orelhas fosse cortada. Depois as enviaram a Goroba-Dique. Ele pôs as orelhas em sua bolsa, montou em seu cavalo e se pôs à frente dos guerreiros, dizendo aos fulas:

— Vocês não podem dizer que Djinar não os ajudou.

— Não, não podemos — responderam os fulas.

Conseguiram encontrar os burdamas, com os quais lutaram. Goroba-Dique matou muitos deles e ficou com seus cavalos, que deu aos genros do rei. Os fulas saíram vitoriosos na batalha. Depois levaram os rebanhos de volta a Sariam. Mas Goroba-Dique tomou outra direção e voltou à fazenda onde seu bardo esperava por ele. Lá chegando, desmontou, pôs as armas de lado, tirou as roupas e vestiu os trapos velhos, subiu em cima do burro e voltou à cidade. Enquanto cavalgava para Sariam, foi visto pelo ferreiro, que gritou:

— Fique longe da porta da minha casa. Você não é fula coisa nenhuma. É um bastardo ordinário, ou um escravo, mas um guerreiro fula você não é.

A mulher do ferreiro escutou aquilo e disse:

— Pare com essa gritaria boba. Um fula é um fula e você não é tão esperto assim que posa dizer o que está por trás de certa fachada.

Enquanto isso, os fulas vitoriosos tinham chegado com o gado recuperado. Todos os receberam com alegria. Hamadi Ardo, o rei, chegou a ponto de ir falar com eles.

— Foi uma luta de verdade — afirmou ele. — Vocês ainda são fulas de verdade. Há algum ferido?

Um dos genros disse:

Quando ataquei pelo flanco, um burdama alto golpeou-me na cabeça. Virei a cabeça, a espada cortou minha orelha e fui salvo.

E o outro disse:

— Quando ataquei pelo outro flanco, um burdama baixinho tentou me atingir na garganta. Quase tive de pagar com a cabeça. Mas me virei de lado e só perdi uma orelha. A cabeça foi salva.

— É um prazer ouvir essas coisas — disse o rei Hamadi Ardo. — Vocês são ambos heróis. Mas, digam-me, alguém viu o meu terceiro genro?

Todos riram, e depois alguém disse:

— Vê-lo? Como, se bem no começo ele tomou outra direção? Não, não o vimos.

Dessa outra direção vinha Goroba-Dique em seu burro. Quando estava chegando perto, espicaçou o animal e fez que galopasse. Quando Code Ardo o viu chegar, chorou amargamente e disse:

— Pai, pai, que desgraça o senhor fez cair sobre mim!

Naquela noite, os jovens aristocratas fulas sentaram-se em círculo e contaram as façanhas do dia. Goroba-Dique ficou num canto, vestido com seus trapos, ouvindo a conversa. Um deles disse:

— Quando eu, o primeiro entre os inimigos, ataquei...

Um segundo afirmou:

— Quando capturei os cavalos...
Um terceiro comentou:
— Sim, vocês não são como o marido de Code Ardo. Vocês são todos heróis de verdade.

E os dois genros tiveram de contar muitas e muitas vezes como perderam a orelha no calor da batalha. Goroba estava sentado ali perto, ouvindo tudo. Seus dedos brincavam com as duas orelhas na sua bolsa. Quando a noite caiu, ele foi para casa. Code Ardo disse-lhe:

— Não vou mais dormir com você. Você pode dormir no outro lado do quarto.

No dia seguinte, os burdamas atacaram a cidade em grande número. Assim que apareceram no horizonte, todos os guerreiros se prepararam para a batalha. Mas Goroba-Dique montou no burro e galopou em outra direção, e as pessoas gritavam:

— Lá vai o terceiro genro do rei fugindo!

Code Ardo irrompeu em lágrimas, e disse:

— Pai, pai, que desgraça o senhor fez cair sobre mim!

Goroba-Dique foi até a fazenda onde havia deixado suas armas, seu cavalo e seu bardo. Lá chegando, saltou apressadamente do burro e disse a Ulal:

— Rápido, rápido, sele meu cavalo, dê-me minhas armas! Hoje vamos ter realmente o que fazer. Os burdamas estão atacando em grande número e não há ninguém para defender a cidade.

— Posso ir com você? — perguntou o bardo Ulal.

— Não, hoje não — respondeu Goroba-Dique.

E então vestiu suas roupas, pegou suas armas, saltou para cima do cavalo e partiu a galope.

Enquanto isso, os burdamas tinham atacado Sariam e cercado a cidade. Um grupo tinha invadido a cidade e estava tentando chegar à propriedade do rei. Goroba-Dique, vindo de fora, abriu caminho entre as fileiras. À direita e à esquerda, arrancava homens da sela, esporeava seu cavalo e, saltando sobre todos os obstáculos, chegou ao pátio da casa de seu sogro exatamente no momento em que vários burdamas tinham capturado Code Ardo e a estavam levando embora. Code Ardo, vendo o bravofula chegar, gritou-lhe:

— Irmão mais velho, ajude-me, pois os burdamas estão me levando embora e o covarde do meu marido fugiu!

Goroba-Dique atacou o primeiro homem com a lança. Do segundo recebeu um golpe que o feriu, mas ele o matou. Os outros fugiram. Code Ardo viu que Goroba-Dique estava muito ferido e gritou:

— Oh, meu irmão mais velho, você me salvou, mas está ferido!

E imediatamente rasgou o próprio vestido e fez um curativo na perna de Goroba-Dique, que estava sangrando. E então Goroba-Dique esporeou seu cavalo mais uma vez, entrou como um furacão no meio dos burdamas, obrigou-os a se espalhar em todas as direções, perseguiu-os e atirou-os no chão, enchendo o inimigo de terror. Os burdamas saíram correndo da cidade, numa fuga desesperada. Os fulas perseguiram-nos.

Goroba-Dique foi até a fazenda onde seu bardo Ulal o esperava. Lá chegando desmontou, pôs as armas de lado, tirou as roupas e, vestindo seus trapos, retornou à cidade no burro. Ao passar pelo ferreiro, este gritou:

— Olhem só o bastardo, o cão sarnento, o covarde! Saia daqui, você, e fique longe da minha casa!

A mulher do ferreiro disse:

— Pare de falar besteira. O homem é um fula, e ninguém nunca deve maltratar um fula.

— Mulher, segure a língua — respondeu o ferreiro. — A única coisa que se pode fazer com um homem que fugiu no exato momento em que precisávamos dele, é amaldiçoá-lo.

— O que você esperava? — perguntou Goroba-Dique. — Desde que cheguei aqui sempre disse que era filho de um homem pobre.

E então chicoteou o burro e chegou a galope na grande praça da cidade. Lá estava o rei Hamadi Ardo cercado por muitos fulas, falando sobre os acontecimentos do dia. Code Ardo também estava lá. Quando viu Goroba-Dique cavalgando com toda aquela empáfia, começou a chorar e disse:

— Pai, pai, por que transformou minha vida em tal desgraça quando ainda existem tantos homens corajosos e galantes entre os fulas?

— Eu disse a seu pai desde o começo que era filho de um homem pobre e que não entendia nada de cavalos, nem de guerra — disse Goroba-Dique.

Mas Code Ardo continuava chorando, e disse:

— Seu covarde, covarde miserável! Nunca mais vai dormir comigo!

Goroba-Dique, aparentando a mais completa indiferença, desmontou e sentou-se num canto escuro.

Até a noite os fulas ficaram por ali conversando sobre os acontecimentos do dia. Um deles disse:

— Enquanto eu rechaçava um grupo de burdamas...
E um segundo falou:

— Enquanto eu desbaratava os burdamas ali...
E um terceiro contou:

— Enquanto eu fazia o grosso dos burdamas fugir...
Mas muitos zombavam e perguntavam a Code Ardo:

— Mas onde estava o seu marido nessa hora?

— Deixe-me em paz — respondeu Code Ardo. — Teria sido melhor que meu pai tivesse me casado com um macaco do que com um covarde desses. Ai, que vergonha!

Era noite. Os fulas foram para casa. Code Ardo não conseguia dormir. Pensava no covarde do marido e no bravo desconhecido que a salvara. À meia-noite, ela olhou para a cama do marido no outro lado do quarto. Viu que suas roupas tinham se soltado, que os trapos tinham caído de seu corpo, e viu sangue! O sangue pingava de um curativo em volta da coxa, e o curativo era um pedaço de seu vestido. Era o pedaço do vestido que ela mesma rasgara para usar como atadura na ferida do corajoso fula desconhecido. E agora o curativo estava em volta da coxa de seu marido, do homem que tinha voltado para casa em cima do burro. Code Ardo levantou-se, acordou o marido e perguntou:

— Como foi que se feriu?

— Veja se adivinha — respondeu ele.

— Quem rasgou o vestido e usou o pano como atadura no seu ferimento?

— Vamos ver se você adivinha.

— Quem é você? — perguntou Code Ardo.

— O filho de um rei — respondeu Goroba-Dique.

— Obrigada — disse Code Ardo.

— Não diga nada a ninguém por enquanto — disse Goroba-Dique. — Agora aqueça um pouco de manteiga de carité e trate meu ferimento com ela.

Code Ardo pegou a manteiga e pingou-a sobre o ferimento. Depois colocou uma atadura na perna do marido. Saiu de mansinho, procurou a mãe, chorou e disse:

— Meu marido não é um covarde, não é um homem que sai correndo da luta, é o homem que salvou a cidade dos burdamas hoje. Mas não conte a ninguém. — E, depois de dizer essas palavras, voltou furtivamente para sua cama.

No dia seguinte, Goroba-Dique montou no burro e voltou à fazenda onde havia deixado seu mabo, seu cavalo, suas armas e suas roupas. Disse ao bardo mabo:

— Hoje é o dia em que vamos aparecer em Sariam como realmente somos, o dia em que podemos prestar nossas homenagens ao orgulhoso Hamadi Ardo. Portanto, sele o meu cavalo e o seu.

Goroba-Dique vestiu-se e pegou suas armas. Partiu para Sariam e seu bardo o seguiu. Na grande praça onde todos os jovens aristocratas fulas estavam reunidos, desmontou, e seu bardo pregou no chão os pinos que prendiam os animais. Os pinos eram de prata.

Goroba-Dique chamou sua mulher. Ela o cumprimentou e sorriu. Depois ele se voltou para os fulas e disse:

— Sou Goroba-Dique e esta é minha mulher, Code Ardo. Sou o filho de um rei e sou aquele que ontem e antes de ontem obrigou os burdamas a fugir.

— Não acredito — disse o rei Hamadi Ardo. — A única coisa que eu vi foi você montado num burro.

— Então pergunte àqueles que entraram em batalha — replicou Goroba-Dique.

— Sim, é verdade — disseram os homens. Só os dois genros do rei disseram:

— Não é certo.

Ao ouvir essas palavras, Goroba-Dique tirou as duas orelhas da bolsa e disse:

— Não reconhecem essas orelhas?

Os dois calaram a boca e afastaram-se.

O rei Hamadi Ardo aproximou-se de Goroba-Dique. Ajoelhou-se diante dele e disse:

— Perdoe-me. Pegue o reino de minhas mãos.

— Rei Hamadi Ardo, não sou menos que o senhor. Pois eu também tenho sangue ardo — disse Goroba-Dique. — E agora, já que sou rei, minha primeira ordem é que o ferreiro que me insultou, e que, apesar disso, não passa de um ferreiro, leve cinquenta chibatadas no traseiro — e com um chicote cheio de nós!

E assim foi feito...

CONTOS FOLCLÓRICOS MANDÊS

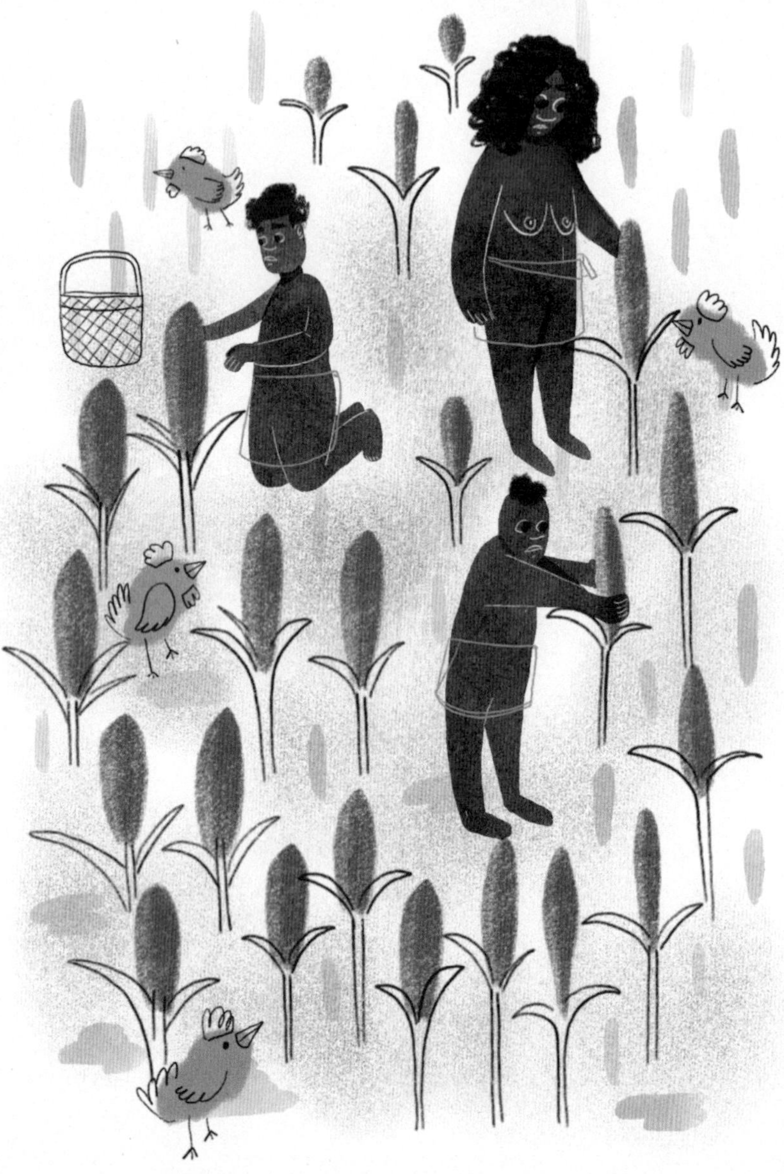

CINCO HISTÓRIAS IMPROVÁVEIS

1

Três jovens foram para as plantações colher painço. Começou a chover. O mais novo dos três carregava na cabeça uma cesta cheia de painço. Por causa da chuva, o pé escorregou; escorregou levando-o para longe, de Bamaco a Cati (a muitos, muitos quilômetros de distância). Ao cair, deu com uma casa, pegou uma faca, cortou os juncos altos que cresciam ao longo de seu caminho, teceu uma esteira com eles e colocou-a embaixo do corpo. Desse modo, a cesta de painço que estava em sua cabeça derramou seu conteúdo em cima dela. O jovem levantou-se, sacudiu o painço da esteira de volta à cesta e disse:

— Se eu não tivesse feito esta esteira bem rápido e a colocado embaixo de mim, teria sido o diabo para catar todo o painço e pô-lo de volta na cesta.

O maior dos três jovens tinha quarenta galinhas em várias cestas. Parou no meio do caminho para deixá-las comer. Tirou-as das cestas, espalhou painço no chão e ficou observando enquanto elas comiam.

De repente, uma águia precipitou-se do alto, atacando uma das galinhas. No mesmo segundo o jovem pegou todas as quarenta galinhas, colocou-as todas em suas cestas, fechou as cestas, agarrou a águia atacante pelas patas e disse:

— Que ousadia é essa com as minhas galinhas?

Depois o jovem de estatura mediana foi caçar com o menor. O menor atirou com arco e flecha num antílope e deixou-o escapar. No mesmo segundo o jovem de estatura mediana levantou-se de um salto, correu até o antílope, matou-o, esfolou-o e esquartejou-o; em seguida, pôs a pele ao sol para secar e colocou a carne na mochila. Naquele exato momento uma flecha zuniu no ar. Ele a pegou com uma das mãos e gritou para o menor dos três:

— Ei, escute aqui! Que história é essa de tentar abrir buracos na minha mochila?

2

Vi uma mulher que ficou grávida durante cem anos. Ela não conseguiu dar à luz antes de seu filho ter uma barba muito, muito longa. O bebê correu dentro de sua mãe. Comeu, cresceu. Circuncidaram-no enquanto ainda estava na barriga da mãe. Mas sua mãe não o conseguia parir. Certo dia, o bebê lá dentro da barriga disse à mãe:

— Amanhã vou cortar a cabeça de todas as velhas da aldeia. Na manhã seguinte, nasceu. Trouxe um saber consigo para o mundo e cortou a cabeça de todas as velhas do país.

3

Três jovens partiram para fazer uma viagem. Um deles foi expulso de casa pelo pai porque ouvia muito bem. O segundo foi expulso pelo pai porque contava muito bem, e o terceiro foi expulso pelo pai porque enxergava muito bem.

Os três jovens tinham um saco de painço. Cruzaram um rio. Puseram o cereal num barco. Quando estavam no meio da travessia, o que ouvia muito bem disse:

— Um grão de painço acabou de cair na água. Ouvi claramente.

O que enxergava muito bem disse:

— Vou procurá-lo imediatamente.

E pulou dentro d'água. O que contava muito bem contou todos os grãos do saco de painço e disse:

— Ele está certo. Está faltando um grão.

No mesmo segundo, o jovem que enxergava muito bem reapareceu na superfície da água e disse:

— Aqui está ele.

4

Cassa Quena Gananina disse:

— Sou jovem e forte. Não existe nenhum homem vivo que se compare comigo.

Tinha dois amigos, Iri Ba Farra e Congo Li Ba Jelema.

Cassa Quena Gananina tinha um cajado de ferro. Certo dia foi para o mato com seu cajado de ferro e matou vinte antílopes com um único golpe. Depois disse a seus amigos:

— Qual de vocês vai à floresta catar lenha?

Ambos estavam com medo de ir sozinhos. Por isso Cassa Quena Gananina disse:

— Iri Ba Farra pode ficar aqui e vigiar a carne. Congo Li Ba Jelema e eu vamos catar lenha.

E saiu com Congo Li Ba Jelema.

Depois que eles partiram e Iri Ba Farra ficou sozinho, surgiu um grande pássaro, um grande *conoba* (milhafre), que lhe perguntou:

— O que devo levar? Você ou a carne?

— É melhor você levar a carne — respondeu Iri Ba Farra.

O *conoba* voou com a carne. Pouco depois os outros dois voltaram, e Iri Ba Farra disse:

— Enquanto vocês estavam na floresta, apareceu um *conoba* enorme que me perguntou se devia levar a mim ou a carne, e eu respondi que era melhor levar a carne. O *conoba* pegou a carne e saiu voando com ela.

— Nesse caso, você devia ter dito que era melhor levar você — disse Cassa Quena Gananina.

No dia seguinte, Cassa Quena Gananina levou Iri Ba Farra consigo para catar lenha na floresta e deixou Congo Li Ba Jelema tomando conta da carne. Quando os dois desapareceram da vista, um *conoba* muito grande precipitou-se sobre ele e perguntou:

— O que devo levar? Você ou a carne?

— É melhor você levar a carne — respondeu Congo Li Ba Jelema.

E o *conoba* saiu voando com a carne. Quando os outros dois voltaram, Congo Li Ba Jelema disse:

— Enquanto vocês estavam fora, apareceu um *conoba* enorme que me perguntou se devia levar a carne ou a mim, e eu disse que era melhor levar a carne. O *conoba* pegou a carne e saiu voando com ela.

Cassa Quena Gananina disse:

— Mas você devia ter dito que era melhor levar você. Amanhã eu mesmo vou ficar tomando conta da carne.

No dia seguinte, Iri Ba Farra e Congo Li Ba Jelema foram à floresta catar lenha, e Cassa Quena Gananina ficou para cuidar da carne. Depois que os outros partiram, um *conoba* enorme precipitou-se sobre o jovem e perguntou:

— O que devo levar? Você ou a carne?

— Nenhum dos dois; nem eu, nem a carne — respondeu Cassa Quena Gananina. Ele agarrou seu cajado de ferro e atacou a ave, que caiu morta ao seu lado.

Mas uma das penas da ave soltou-se da asa e flutuou, caindo nas costas de Cassa Quena Gananina. Era tão pesada que o jovem caiu no chão e, como ela continuou em suas costas, não conseguiu levantar-se. Naquele exato momento, surgiu uma mulher, carregando uma criancinha. Cassa Quena Gananina disse-lhe:

— Chame meus companheiros na floresta para que eles tirem essa pena das minhas costas.

Ela foi e chamou os jovens na floresta. Cada um deles tentou tirar a pena das costas do amigo; depois tentaram juntos, mas não conseguiram movê-la. O peso da pena era demais para eles.

Então a mulher inclinou-se sobre Cassa Quena Gananina e soprou delicadamente; soprou a pena de suas costas. Pegou a ave morta e deu para o filho brincar. Depois partiu estrada afora, com a criança em suas costas, brincando com a ave morta.

5

Uma moça recusava casar-se; recusava casar-se com quem quer que fosse. Isso chegou aos ouvidos de um homem que gostava dela. Por isso ele se transformou numa flauta e se pôs, sob a forma de flauta, na porta da casa da moça. A moça encontrou a flauta, pegou-a do chão e correu em busca da mãe para lhe mostrar o que havia encontrado. A mãe disse-lhe:

— Que flauta linda que você tem. Ninguém na aldeia tem uma flauta tão boa.

A moça levou a flauta para casa e encostou-a na parede. À noite, a moça tomou banho. Depois a flauta falou com ela:

— Eu também quero tomar banho.

A moça levantou-se de um salto, correu para fora de casa em busca da mãe e disse:

— Mãe, a flauta falou comigo, disse que ela também queria tomar banho. Mãe, a flauta com certeza é um homem.

— Não se preocupe com isso — respondeu a mãe.
— É a flauta mais linda da aldeia.

A moça voltou para casa. A flauta disse:

— Eu também quero me deitar na cama.

A moça levantou-se de um salto, correu para fora de casa, em busca da mãe, e disse:

— Mãe, a flauta falou comigo; disse que ela também queria se deitar na cama. Mãe, a flauta com certeza é um homem.

— Esqueça isso. Você tem a melhor flauta da aldeia. Por que não a deita em sua cama?

A moça voltou para casa.

Pegou a flauta que estava encostada na parede e colocou-a ao seu lado na cama. A flauta disse:

— Mas eu queria ficar entre os seus seios...

A moça levantou-se de um salto, correu para fora de casa em busca da mãe e disse:

— Mãe, a flauta falou comigo; disse que queria ficar entre os meus seios. Mãe, a flauta com certeza é um homem.

— Ora, não se preocupe com isso. Você tem a flauta mais linda da aldeia. Por que não a coloca entre os seus seios?

A moça voltou para casa. Pôs a flauta entre os seios. De repente, a flauta transformou-se num homem grande e forte, com um *fosso* poderoso que inseriu na *bie* da moça. Na manhã seguinte, a moça procurou a mãe e disse:

— Afinal, agora estou casada, pois a flauta era um homem, claro. Mas estou feliz.

A mãe disse:

— Não lhe falei?

CONTOS FOLCLÓRICOS NUPES

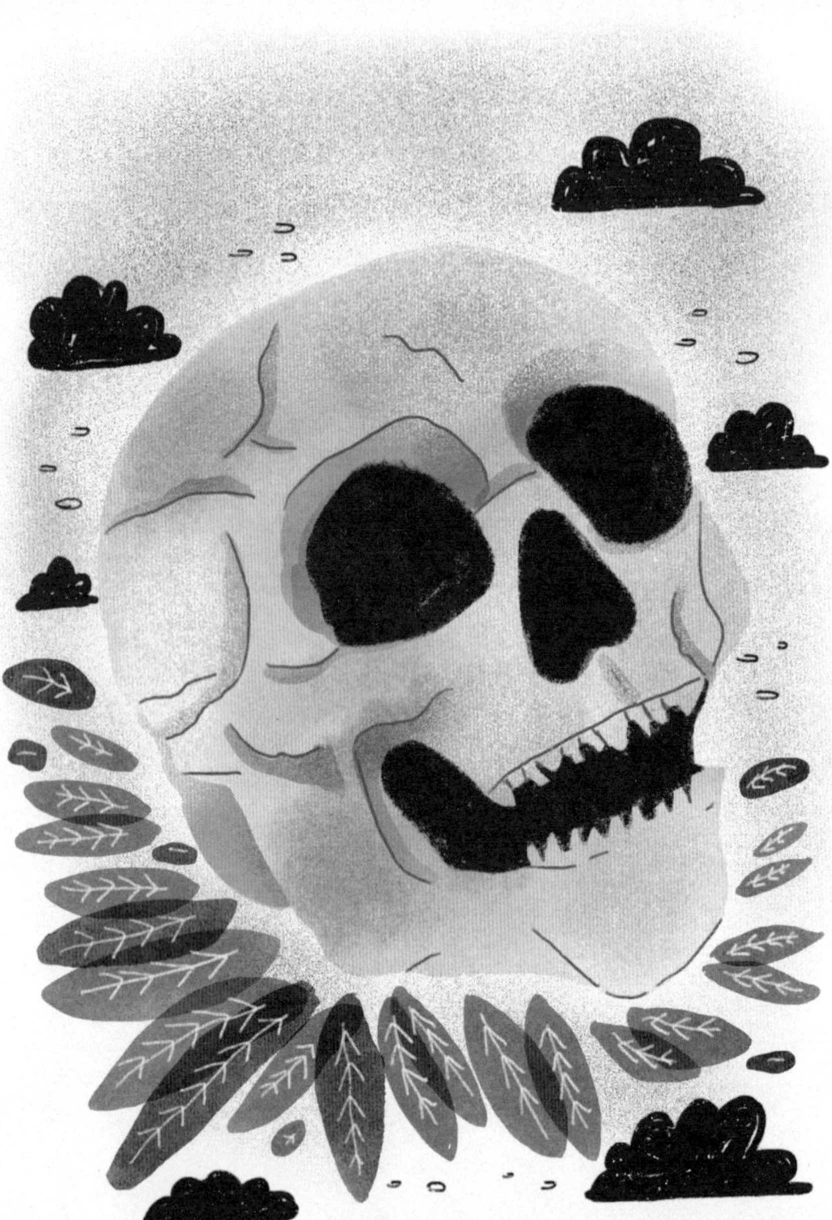

O CRÂNIO FALANTE

Um caçador vai para a mata. Encontra um crânio humano antigo. O caçador pergunta:
— O que trouxe você aqui?
— Falar é o que me trouxe aqui — responde o crânio.
O caçador sai correndo. Vai procurar o rei. Depois de o encontrar, diz:
— Encontrei um crânio humano na mata. Ele pergunta como estão seu pai e sua mãe.
— Nunca, desde que minha mãe me deu à luz, ouvi falar de um crânio morto capaz de falar — diz o rei.
O rei manda chamar o *álcali*, o *saba* e o *degi* (juiz muçulmano) e pergunta-lhes se já ouviram falar de algo parecido. Nenhum dos sábios tinha ouvido falar naquilo, e eles resolvem mandar um guarda com o caçador à mata para descobrir se a história era verdadeira e, se fosse, saber qual a explicação para ela. O guarda acompanha o caçador à mata com ordem de matá-lo ali mesmo se tivesse mentido. Os dois encontram o crânio. O caçador dirige-se ao crânio:
— Fale, crânio.

O crânio mantém-se em silêncio. O caçador faz a mesma pergunta de antes:

— O que trouxe você aqui?

O crânio não responde. Durante todo o dia, o caçador implora ao crânio que fale, mas ele não responde. À noite o guarda pede ao caçador que faça o crânio falar e, como ele não consegue, o mata de acordo com a ordem do rei. Depois que o guarda vai embora, o crânio abre as mandíbulas e pergunta à cabeça do caçador morto:

— O que trouxe você aqui?

— Falar é o que me trouxe aqui — responde a cabeça do caçador morto.

PERGUNTA E RESPOSTA

Um pai disse ao filho:
— Se algum dia você dormir com uma moça, vai morrer.

O pai escondeu seu filho na mata. Deixou-o crescer ali. Certo dia uma moça apareceu na mata. O rapaz viu a moça. Ela disse:

— Você vive tão sozinho aqui... Amanhã virei visitá-lo outra vez.

— Sim, venha outra vez — disse o jovem. — Preciso domir com você, mesmo que meu pai tenha me dito que eu morreria se algum dia dormisse com uma moça.

— Nesse caso não vou voltar, pois não desejo que você morra — respondeu ela.

— Não, por favor, por favor, volte. Imploro-lhe, imploro-lhe, venha outra vez! — disse o jovem.

— Está bem. Eu vou, mas volto. E, se você morrer, eu o farei voltar de novo à vida — disse ela.

No dia seguinte, a moça voltou. O jovem dormiu com ela. E morreu. Seus pais choraram sua morte.

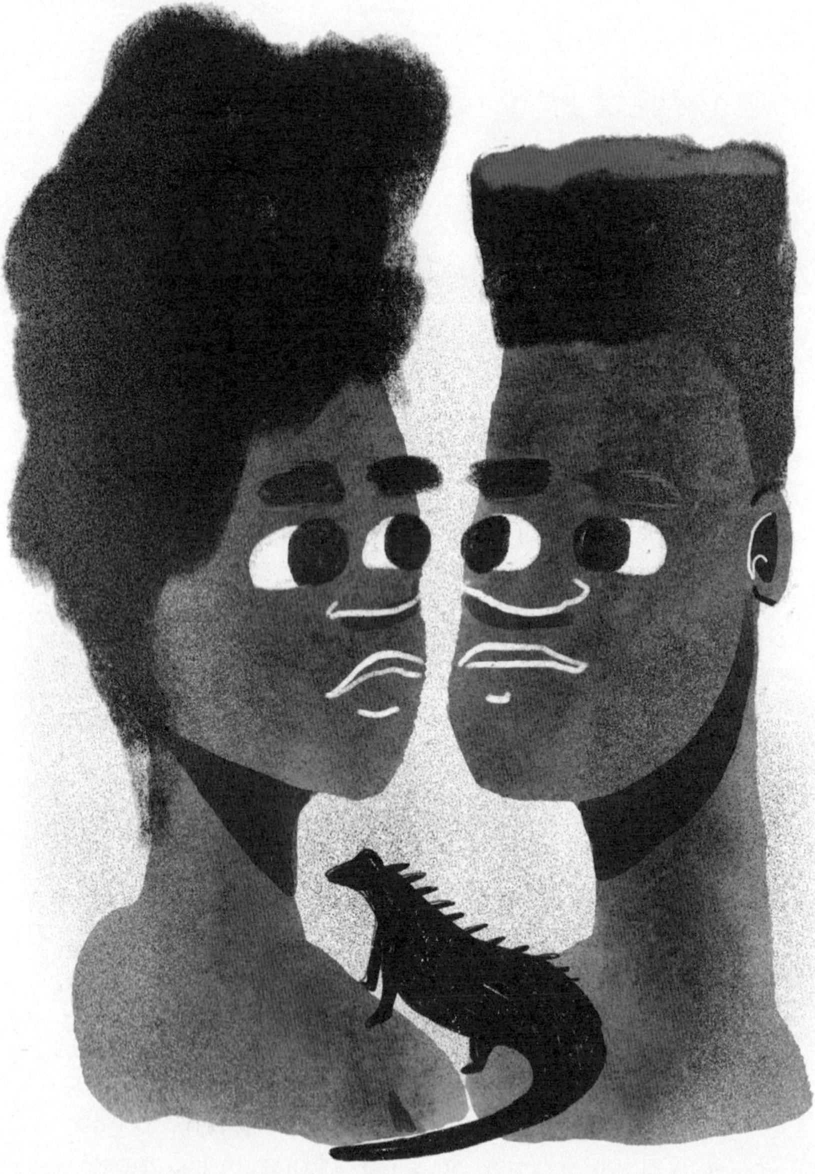

Mas a moça correu para a floresta em busca do caçador e contou-lhe o que havia acontecido. O caçador disse:

— Que é isso? Não é nada. Tudo quanto preciso é de um lagarto.

O caçador voltou com um lagarto. Construiu uma grande pilha de madeira, acendeu a fogueira, atirou o lagarto nas chamas e disse:

— Se o lagarto queimar na pira funerária, o jovem vai continuar morto. Mas, se alguém o salvar, o jovem voltará à vida.

O pai tentou tirar o lagarto do fogo. Mas as chamas eram quentes e grandes. A mãe tentou, mas também não conseguiu. Mas a moça pulou dentro da fogueira, pegou o lagarto e o tirou vivo das chamas. O jovem ressuscitou.

O caçador disse:

— O jovem voltou a viver. E agora, se ele matar o lagarto, sua mãe morre, mas, se ele deixar o lagarto viver, a moça morre.

A pergunta é:

— O que um verdadeiro nupe deve fazer?

A resposta é:

— Matar o lagarto imediatamente.

GRATIDÃO

Um caçador foi para a mata. Lá encontrou um antílope. Matou o animal. Um *boaji* (gato-de-algália) passou por ali. O *boaji* disse:

— Dê-me um pouco dessa carne. Estou com fome. Imploro um pedaço de carne. Posso lhe fazer um favor outro dia.

O caçador deu ao *boaji* um pouco da carne do antílope.

O *boaji* foi embora.

No dia seguinte, o caçador foi de novo para a mata. Chegou a um lugar onde a mata estava tão cerrada que era difícil ver para onde estava indo. Lá, no meio da mata, encontrou um crocodilo. O caçador disse:

— Como foi que chegou aqui? Você não vive na água?

— Ontem à noite — disse o crocodilo —, saí para caçar e agora estou longe do rio. Não consigo encontrar o caminho de volta. Imploro-lhe, mostre-me o caminho que leva ao rio. Se me ajudar, dou-lhe cinco montes de peixes.

— Ajudo com prazer — respondeu o caçador.

O caçador amarrou uma tira de couro na pata do crocodilo e levou-o até o rio Níger. Quando chegaram à beira d'água, o crocodilo disse:

— Agora tire a correia para que eu possa entrar na água e pegar os cinco montes de peixes para você.

O caçador libertou o crocodilo, que entrou na água, enquanto ele ficou à espera, às margens do rio.

O crocodilo saiu da água com um peixe muito grande, colocou-o na margem do rio num ponto seguro e voltou para a água. O crocodilo voltou com um monte de peixes e colocou-os num ponto da margem mais perto do rio. O caçador foi até lá, pegou o monte de peixes e colocou-o mais acima. O crocodilo voltou com uma terceira carga e colocou-a exatamente na margem do rio. O caçador foi até lá, tirou os peixes da beira do rio e levou-os para cima. O crocodilo trouxe uma quarta carga de peixes e colocou-a no raso. O caçador foi até lá, tirou os peixes do raso e colocou-os mais acima, na margem do rio. O crocodilo voltou com um quinto carregamento de peixes e colocou-o no ponto onde a água começa a ficar mais funda. O caçador foi até lá, vadeou o rio nas águas rasas e chegou à beira das águas fundas. Quando estava prestes a pegar os peixes, o crocodilo mordeu-lhe o pé, segurou-o firmemente e arrastou o caçador para o fundo.

O crocodilo levou o caçador para seus irmãos crocodilos que estavam deitados num banco de areia no meio do rio. O crocodilo chamou todos os amigos e disse:

— Pegamos um caçador. Vamos comê-lo. Venham, todos vocês!

Os crocodilos vieram de todos os lados, parecendo um enxame de abelhas em volta do caçador. O caçador perguntou:

— É justo isso? Esse crocodilo perdeu-se na mata. Eu o trouxe de volta ao rio. E agora ele quer me devorar.

Os crocodilos disseram:

— Vamos perguntar a quatro outras criaturas o que pensam disso.

E lá vinha uma *asubi* (esteira colorida de forma oval, tecida pelos benues da região cutigi), flutuando sobre as águas do rio. A *asubi* estava velha e gasta. O caçador gritou:

— *Asubi*, ajude-me!

— O que está acontecendo? — perguntou a *asubi*.

— Este crocodilo aqui estava perdido na mata e eu o trouxe de volta ao rio. Salvei sua vida, e agora ele quer acabar com a minha. É justo isso? — disse o caçador.

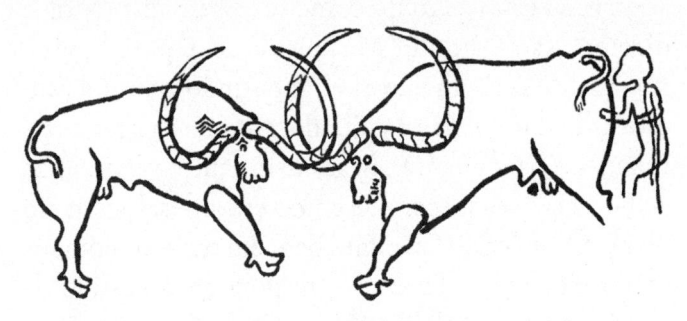

Desenho de dois búfalos lutando entalhado na rocha. Atlas do Saara, norte da África

— Você é homem, conheço os homens. Quando uma esteira é nova e útil, eles a mantêm limpa; não pisam nela com os pés,s enrolam-na depois de a usarem e a colocam num canto com o maior cuidado. Mas quando a esteira fica velha, eles se esquecem do que ela foi. Jogam-na fora. Jogam-na no rio. Os crocodilos fazem muito bem de tratar os homens como eles me trataram — respondeu a esteira.

A *asubi* continuou descendo o rio. O crocodilo disse:

— Você ouviu o que a *asubi* disse?

Um vestido velho, rasgado e gasto, descia o rio flutuando em suas águas. Alguém o havia jogado fora. O caçador gritou:

— Vestido, ajude-me!

— Qual é o problema? — perguntou o vestido.

— Eu trouxe este crocodilo aqui, que havia se perdido na mata, de volta ao rio. E agora ele quer me devorar. Salvei a vida dele, e ele quer acabar com a minha. É justo isso? — perguntou o caçador.

— Você é homem, conheço os homens. Enquanto um vestido é novo e lindo, usam-no em toda parte, aceitam a beleza da roupa como se fosse a sua própria e dizem: "Não é lindo?" Mas o vestido é que é bonito. E as pessoas sabem que estão mentindo, pois dobram o vestido com o maior cuidado, alisam as rugas e enrolam-no para guardar. Mas, assim que o vestido fica velho, eles se esquecem de como era antes. Jogam-no no rio. O crocodilo faz muito bem em tratar os homens como eles me trataram — respondeu o vestido. E continuou descendo o rio, levado pela correnteza.

O crocodilo disse:

— Ouviu bem o que o vestido velho disse?

Uma égua velha veio ao rio beber água. A égua estava velha e magra. Seus donos a haviam expulsado de casa porque não tinha mais nenhuma serventia para eles. O caçador gritou:

— Égua, ajude-me!

— Qual é o problema? — perguntou a égua.

— Eu trouxe este crocodilo aqui, que tinha se perdido, de volta ao rio. Agora ele quer me devorar. Salvei sua vida, e agora ele quer roubar a minha. É justo isso?

— Você é homem, conheço os homens. Quando uma égua é jovem, eles constroem um estábulo para ela. Mandam os meninos cortar a melhor grama para alimentá-la. Dão-lhe o melhor cereal e, quando ela tem um potrinho, dão-lhe o dobro de tudo. Mas quando a égua fica velha e não pode mais ter potros, quando está fraca e doente, expulsam-na para a mata e dizem: "Agora se vire como puder". Olhe só para mim. O crocodilo vai fazer muito bem se o tratar como os homens me trataram.

E foi embora trotando. O crocodilo perguntou ao caçador:

— Ouviu bem o que a égua velha disse?

Um *boaji* apareceu às margens do Níger para beber água.

Era o *boaji* que o caçador tinha ajudado no dia anterior. O caçador gritou:

— *Boaji*, ajude-me!

— Qual é o problema? — perguntou o *boaji*.

— Eu trouxe este crocodilo aqui, que havia se perdido na mata, de volta ao rio. E agora ele quer me devorar. Salvei sua vida, e agora ele quer roubar a minha. É justo isso?

— Eis uma coisa difícil de decidir. Primeiro, eu tenho de saber de tudo. Não quero ouvir só o seu lado da história, mas o do crocodilo também — isto é, se o crocodilo estiver disposto a acatar a minha decisão — respondeu o *boaji*.

— Vou lhe contar tudo — disse o crocodilo.

— Como foi que o caçador o trouxe aqui? — perguntou o *boaji*.

— Ele amarrou uma tira de couro no meu pé e me arrastou atrás dele — respondeu o crocodilo.

— Doeu? — perguntou o *boaji*.

— Doeu — disse o crocodilo.

— Não é possível — disse o caçador.

— Não tenho como me decidir sem antes ver o que aconteceu. Vamos até a praia e mostre-me o que você fez — disse o *boaji*.

O crocodilo e o caçador foram até a praia. O *boaji* disse ao caçador:

— Agora amarre a tira de couro em volta da pata do crocodilo, exatamente como fez antes, para que eu possa saber se doeu ou não.

O caçador amarrou a tira de couro em volta da pata do crocodilo. O *boaji* perguntou:

— Foi assim?

— Foi — respondeu o crocodilo. — Foi assim. E depois de um tempo começou a doer.

— Ainda não tenho como julgar — disse o *boaji*. — É melhor o caçador levar você de volta para a mata. Vou com vocês.

O caçador pegou a tira de couro e puxou o crocodilo para a mata. Finalmente chegaram ao lugar onde ele e o crocodilo tinham se encontrado. O caçador disse:

— Foi aqui.

— Foi? — perguntou o *boaji*.

— Foi — respondeu o crocodilo. — Foi daqui que o caçador me arrastou atrás dele até o rio.

— E você não ficou satisfeito? — perguntou o *boaji*.

— Não, não fiquei — respondeu o crocodilo.

— Muito bem — disse o *boaji*. — Você puniu o caçador por tê-lo tratado mal, agarrando sua pata e arrastando-o até o banco de areia. De modo que agora este problema já está resolvido. Para evitar outras brigas desse tipo, o caçador deve desamarrar a tira de couro e deixar você aqui na mata. Essa é a minha decisão.

O *boaji* e o caçador foram embora. O crocodilo ficou na mata. O crocodilo não conseguiu encontrar o caminho de volta ao rio e sentiu fome e sede. Então, o caçador agradeceu ao *boaji*.

Sempre chega uma hora, para toda pessoa, em que ela é tratada como tratou os outros.

LENDA HAUÇÁ

A VELHA

Na terra de Matasu havia um homem que não conseguia enxergar; era um *macafo*, um cego. O *macafo* passou pelo portão de entrada da cidade e lá encontrou uma velha que morava perto da muralha que protegia a cidade. O *macafo* ia pela rua quando a velha o viu, e quando ela percebeu que ele era cego, disse a si mesma:

— Que bom!

A velha aproximou-se do *macafo* e disse:

— Você é cego. Todos ajudam os cegos, e Alá será bom para mim se eu cuidar de você. Venha para minha casa viver comigo.

— Muito bem, vou morar com você — disse o *macafo*. — A única coisa que tenho de meu é esta cesta.

— Venha agora — respondeu a velha. — Vou lhe mostrar o seu quarto.

E a velha levou o cego para casa.

Lá chegando, o cego disse à velha:

— Vou sair imediatamente para ver se consigo ganhar algum dinheiro. Fique sabendo que eu trouxe uma galinha comigo dentro daquela cesta. Você poderia tirá-la da cesta, cuidar dela e ver se ela põe um ovo? — perguntou o cego.

— Vou fazer exatamente o que me pediu. Alá vai ser bom para mim se eu cuidar de você e de sua galinha — respondeu a velha.

A velha pegou a galinha. Assim que o cego saiu, ela matou a ave, cozinhou-a e preparou uma boa refeição, que devorou.

Quando o cego, que tinha passado o dia todo no mercado, chegou naquela noite à casa da velha, perguntou:

— Como está a minha galinha?

— A galinha! A galinha! — exclamou a velha. — Aquela galinha miserável. Um chacal pegou sua galinha, meu *macafo*, e comeu-a.

— Alá vai me ajudar com minha galinha — disse o cego.

No dia seguinte, o cego levantou cedo e disse à velha:

— Vou sair imediatamente para ver se consigo ganhar algum dinheiro.

— Faça isso, meu *macafo*; todos têm prazer de dar alguma coisa a um cego! Vá, então, as pessoas vão lhe dar muita coisa.

O cego saiu. Atravessou a cidade. Encontrou um homem rico. O homem rico tinha acabado de mandar seus servos lhe trazer sua cabra para ver como ela estava. O homem rico observou sua cabra. O homem rico viu o cego e deu-lhe a cabra, dizendo:

— Fique com a cabra. Alá será bom para mim por minha generosidade.

O *macafo* pegou a cabra e foi para casa.

Quando chegou em casa com a cabra, disse à velha:

— Será que você poderia pegar minha cabra e cuidar dela para mim?

— Vou fazer exatamente o que me pede. Alá será bom para mim se eu cuidar de você e da cabra.

A velha pegou a cabra e, assim que o cego saiu de novo, levou-a ao açougueiro. O açougueiro matou-a e vendeu a carne.

À noite, quando o *macafo* voltou à casa da velha, perguntou-lhe:

— Como está a minha cabra?

— A cabra! A cabra! Aquela cabra desgraçada! — exclamou a velha. — *Curra*, a hiena, pegou-a e fez picadinho dela.

— Alá vai me ajudar com a minha cabra — disse o cego. No dia seguinte, o cego acordou cedo e disse à velha: — Vou sair imediatamente e ver o que consigo ganhar.

— Faça isso, meu *macafo* — respondeu a velha. — Todos têm prazer de dar alguma coisa aos cegos. Vá. As pessoas vão lhe dar muita coisa.

O cego partiu. Andou pela cidade inteira e encontrou um *madugu*, que é o chefe de uma caravana. O *madugu* tinha vindo à cidade com muitos burros carregados, tinha vendido tudo e agora estava rico. O *madugu* contou o dinheiro que ganhara. E então viu o cego. O *madugu* pegou um burro, deu-o ao cego e disse:

— Fique com esse burro. Alá vai me recompensar por isso.

O *macafo* pegou o burro e foi com ele para casa. Ele chegou em casa com o burro e perguntou à velha:

— Será que você poderia pegar meu burro e cuidar dele para mim?

— É exatamente isso o que vou fazer — disse a velha. — Alá vai me recompensar se eu cuidar de você e de seu burro.

O cego saiu de novo. Assim que ele partiu, a velha pegou o burro e levou-o ao Ssongo (onde os comerciantes ficam). Quando chegou ao Ssongo, perguntou:

— Não há ninguém aqui querendo comprar um burro?

Um homem comprou o burro; a velha pegou o dinheiro e foi para casa.

Quando o *macafo* voltou aquela noite, perguntou à velha:

— Como está meu burro?

— Ah, o burro! Que burro infeliz! Dei-lhe de comer. Devo ter-lhe dado comida demais, pois ele ficou muito forte, arrebentou a corda que o amarrava e fugiu.

— Então vou procurá-lo — disse o *macafo*.

— Meu pobre *macafo* — disse a velha —, lembre-se de que você é cego. Já andei por toda parte à procura do burro. E eu enxergo. Mas não encontrei o burro. Como é que você espera encontrá-lo?

— Você tem razão — disse o cego. — Mas Alá vai me ajudar a ter o meu burro de volta.

No dia seguinte, o cego acordou cedo e disse à velha:

— Vou sair agora mesmo e ver se consigo ganhar alguma coisa.

— Faça isso, meu *macafo* — respondeu a velha. — Todos têm prazer de dar alguma coisa aos cegos. Vá, então, as pessoas vão lhe dar muitas coisas.

O cego saiu e encontrou o *galadima* (chefe da cidade). A primeira esposa do *galadima* tinha acabado de ter um filho. Era o primeiro filho do *galadima*. Todos vieram dar-lhe os parabéns. O *galadima* recebeu todos os ricos da cidade. E então viu o cego, e disse:

— Tragam-me um cavalo.

Trouxeram um cavalo e o *galadima* disse:

— Deem o cavalo ao cego. Dou-lhe o cavalo de presente; Alá vai me recompensar por isso.

O *macafo* pegou o cavalo e levou-o para casa. Ele chegou em casa com o cavalo e disse à velha: — Será que poderia pegar meu cavalo? Poderia amarrar meu cavalo e cuidar dele para mim?

— É exatamente isso que vou fazer. Alá vai me recompensar se eu cuidar de você e do seu cavalo.

O cego saiu novamente. Assim que partiu, a velha pegou cavalo e levou-o ao *sarqui cassua* (o chefe do mercado). A velha disse ao *sarqui cassua*:

— Este aqui é um bom cavalo. Um desconhecido deu-o a mim para vender.

O *sarqui cassua* olhou para o cavalo.

A velha disse:

— Está se vendo que é um cavalo jovem.

O *sarqui cassua* continuava olhando para o cavalo.

— Está se vendo que é um cavalo grande — disse a velha.

O *sarqui cassua* olhou de novo para o cavalo.

— Está se vendo que é um cavalo forte — disse a velha. O *sarqui cassua* olhou de novo para o cavalo.

Ele comprou o animal. A velha chamou dois homens para levar o dinheiro para sua casa.

À noite, quando o cego voltou para casa, perguntou à velha:

— Como está o meu cavalo?

— Cale a boca — disse a velha. — Não fale alto desse jeito, alguém pode ouvi-lo.

— Só estou perguntado como está o meu cavalo — disse o cego. — Há algum problema com o meu cavalo?

— Cale a boca. Estou falando para você calar a boca porque ninguém pode ouvi-lo. Um dos grandes homens da cidade apareceu por aqui. Ele viu o cavalo e o pegou para ele.

O cego disse:

— Vou procurar o meu cavalo imediatamente, o cavalo que o *galadima* me deu.

— Meu pobre *macafo* — disse a velha —, lembre-se de que é cego. Lembre-se de que o homem é poderoso na cidade. Se você o procurar, ele pode nos prejudicar aos dois.

— Você tem razão — disse o *macafo*. — Sou cego. Mas Alá vai me ajudar com o meu cavalo.

Na manhã seguinte, o cego acordou cedo e disse à velha:

— Vou sair imediatamente e ver se consigo ganhar alguma coisa.

— Faça isso, meu *macafo* — disse a velha. — Todos têm prazer de dar alguma coisa aos cegos. Vá, então, as pessoas vão lhe dar muitas coisas.

O cego saiu. Passou pelo mercado. Continuou andando.

E assim encontrou cavaleiros e soldados. Encontrou Jerima, o príncipe, no meio dos *lafidis*, os cavaleiros armados. Jerima estava voltando da guerra. Jerima tinha saqueado uma cidade e capturado camelos e cavalos. Jerima viu o cego. Acenou para seus seguidores e disse:

— Tragam-me aquele camelo grande que capturamos.

O camelo foi levado à sua presença. Jerima deu o camelo ao *macafo* e disse:

— Pegue o camelo. Alá vai me recompensar por isso.

O *macafo* pegou o camelo e levou-o para casa.

Ele chegou em casa com o camelo e disse à velha: — Acabei de ganhar um camelo excelente como presente de Jerima. Será que você poderia cuidar bem dele, para que ele não fuja nem seja roubado?

— É exatamente isso o que vou fazer — disse a velha. — Você vai encontrar seu camelo aqui quando voltar de novo para casa. Alá é testemunha do que digo.

O *macafo* deu o camelo à velha, que o amarrou ao lado da casa. O *macafo* saiu novamente.

Depois que o cego saiu, a velha desamarrou o camelo e levou-o até o ribeirão para beber água. A velha deu veneno ao camelo para que ele moresse. Mas o camelo não morreu. A velha deu mais veneno ao camelo. Mas o camelo não queria morrer. A velha pegou uma quantidade enorme de veneno e enfiou-a goela abaixo do camelo. O camelo não morreu, mas se deitou no chão e começo a berrar. Então a velha chamou alguns homens que estavam passando e disse:

— Venham, venham! O camelo do cego está morrendo.

Venham e matem-no para ele não sofrer.

Os homens aproximaram-se. Viram que o camelo estava muito doente. Os homens mataram o camelo com suas lanças. Depois ataram as pernas do camelo com cordas e arrastaram-no para a cidade. Chegaram à casa da velha. Ela disse:

— Deixem o camelo aqui em frente da porta. Alá vai recompensá-los pelo serviço que prestaram ao cego.

À noite o *macafo* voltou para a casa da velha. O cego tropeçou nas pernas do camelo morto e disse:

— Ei, velha! Você colocou lenha na soleira da porta, tendo um cego vivendo em sua casa. O cego deve cair e quebrar as pernas?

— Você alguma vez já viu lenha com pernas e cabeça? — perguntou a velha.

— O que é isso? — perguntou o cego.

— Sinta com suas próprias mãos, pegue e descubra o que é — disse a velha. — A lenha é seu camelo. O camelo está morto. Deram-lhe um camelo ferido com um golpe de lança no lado do corpo.

O cego tocou o camelo, balançou a cabeça em sinal de concordância e disse:

— Alá vai me ajudar com o meu camelo.

Na manhã seguinte, o cego acordou cedo e disse à velha:

— Vou sair imediatamente e ver se consigo ganhar alguma coisa.

— Faça isso, meu *macafo*. Todos dão com prazer aos cegos. Vá, então, as pessoas vão lhe dar muita coisa.

O cego foi embora. Andou por toda a cidade. O cego chegou à casa do rei.

Era o dia da celebração do grande Sala (ano-novo). Os nobres e os ricos foram visitar o rei e cumprimentá-lo. O rei deu comida a todos. A um deu um cavalo, a outro deu uma roupa. O *macafo* sentou-se na entrada do salão. O rei viu o *macafo* e disse a seus servos:

— Tragam-me o cego aqui.

Os servos obedeceram e levaram o cego à presença do rei.

O rei disse:

— Hoje é dia do grande Sala. Vou dar um grande presente ao cego. Tragam-me uma moça. Tragam-me uma das minhas moças mais belas.

A moça foi levada à sua presença. O rei olhou para ela e disse:

— Sim, é exatamente o que eu queria. Vou dar esta linda moça ao cego. Meu cego, pegue esta moça e case-se com ela. Eu a dou a você. Alá vai me recompensar por isso.

O *macafo* pegou a moça e levou-a para casa.

Ele entrou com a moça em casa e disse à velha:

— Olhe para a moça, é uma linda moça. Hoje é o dia do grande Sala. O rei deu-a para mim, para me casar. Você poderia cuidar dela?

— Vou tomar conta da moça — disse a velha. — E de uma forma que você nem imagina. Vejo você quando voltar. Alá é testemunha do que digo.

— Você quer dizer que nenhum animal selvagem vai pegá-la, que nenhum homem vai roubá-la e que ela não vai se perder? — perguntou o cego.

— Nenhum animal selvagem vai pegá-la, a não ser que você me considere um animal. Nenhum homem vai levá-la embora se eu mesma não a entregar a ele. E eu teria de ser pior que o demônio para ela se perder! — respondeu a velha.

— Ninguém acha que você é pior ou mais forte que o demônio — disse o cego. — Aqui está, pegue a moça.

E o cego saiu novamente.

Depois que o cego partiu, a velha disse à moça:

— Você é muito linda. Prometi ao *macafo* tomar conta de você. Portanto, vou tomar conta de você. Quer se casar hoje?

— O rei disse que eu devo me casar hoje — respondeu a moça. — Quero me casar hoje.

— Então espere um pouquinho — disse a velha.

A velha trancou a moça em sua casa e correu à procura de um jovem que tinha muito dinheiro, sempre usava belas roupas e dormia à noite com belas moças. A casa do jovem estava cheirando bem porque *muardi*, uma água perfumada, tinha sido borrifada ali, e estava barulhenta porque outros jovens tinham ido para lá. A velha foi procurar esse jovem.

— Você ainda tem alguma coisa do que herdou de seu pai? — perguntou-lhe a velha.

— Que moça quer me trazer? — replicou o jovem. — Conheço todas as *caruas* (prostitutas) da cidade. Não quero mais nenhuma delas.

— Tenho outra moça; ela não é *carua*. É a moça mais linda da cidade.

— Que moça é essa? — perguntou o jovem.

— Essa moça nunca viveu com um homem — explicou a velha.

— Ainda tenho uma boa parte do que meu pai me deixou — disse o jovem.

— O próprio rei deu a moça porque ela é a mais linda de todas e porque hoje é o dia do grande Sala. Mas o homem a quem o rei a deu não deve ficar com ela — disse a velha.

— Dou-lhe 500 mil cauris por ela — disse o jovem.

— Essa moça vai ser o maior dos luxos para aquele que a tiver — disse a velha. — Vai poder desfrutar dela muitas e muitas vezes, dia após dia. Nunca vai se cansar dela.

— Vou falar com meus amigos e pedir o dinheiro emprestado. Agora só posso lhe dar 200 mil cauris.

— Você vai trazer o dinheiro mais tarde? — perguntou a velha.

— Vou mandar mensageiros meus procurá-la com o dinheiro — disse o jovem.

— Ótimo — respondeu a velha.

A velha voltou para casa. Entrou, sentou-se na cama da linda moça e perguntou:

— Você já conhece o homem com quem vai se casar?

— Vi o *macafo* — respondeu ela.

— Conheço um jovem que é forte e bonito, suas mãos são brancas, e seu rosto parece o de uma dama árabe. Esse jovem é rico. Sua casa perfuma um quarto da cidade, de tanta *muardi* que ele manda borrifar nela. Seus servos comem carne de primeira todos os dias, e ele dá mulheres a seus escravos. Todas as mulheres da cidade correm atrá desse jovem, e as *caruas* queriam dar-lhe grandes quantias em dinheiro para ele dormir com elas. Mas o jovem já está farto de tudo isso. O jovem perguntou-me se eu não conhecia uma bela jovem que pudesse se casar com ele.

— Esse jovem vive nesta cidade? — perguntou a moça.

— Sim, o jovem vive nesta cidade... Mas diga-me, minha bela, você sabe que o seu *macafo* não tem nada e sai diariamente para mendigar o seu pão?

— Sim, sei disso — respondeu a moça.

— Então você sabe que vai ter de guiá-lo — disse a velha. — Sabe que vai ter de usar roupas velhas porque ele é pobre.

— Sim, sei disso — repetiu a moça.

— Você viu o *macafo*. Sabe que suas roupas são velhas e gastas. Viu que ele tem cicatrizes nas pernas, nos pés e nos ombros, porque um cego que anda pelas ruas tropeça nas pedras e bate em árvores e muros.

— Sim, sei disso — falou a moça.

— Se algum dia você usar um vestido bonito, se enfeitar seus cabelos, ele não vai ver. Se você se der ao trabalho de pintar os olhos com *coli*, ele não vai ver. Se pintar as sobrancelhas com *catambiri*, ele não vai ver. Se você rir, ele não vai ver nem ouvir, pois vai estar preocupado em saber se as pessoas vão lhe dar comida ou não. Se você chorar, ele vai bater em você e dizer: "Como se atreve a chorar, já que consegue enxergar? Sou pobre e cego, e não choro". E quando você tiver filhos, ele vai estar fora e dizer: "Como vou conseguir mendigar mais comida para dar a eles?" E ele vai pôr seus filhos na rua para mendigar. Sabe disso?

A moça jogou-se no chão, chorou e gritou:

— Minha velha mãe, imploro-lhe, imploro-lhe! Leve-me imediatamente para o jovem.

— Espere um pouco — disse a velha, e saiu. Trouxe *catambiri* e com ele enfeitou as sobrancelhas da linda moça. Trouxe *coli*, com o qual acentuou a forma dos olhos da linda moça. Trouxe um vestido que pôs no corpo da linda moça e depois um xale, com o qual enfeitou a cabeça dela.

O jovem correu pela cidade pedindo a seus amigos que lhe emprestassem alguns milhares de cauris para conseguir uma nova moça para eles. Alguns lhe emprestaram dois mil cauris, outros emprestaram cinco mil e outros ainda emprestaram-lhe dez mil. O jovem arrumou todo aquele dinheiro numa pilha. E a ela acrescentou o resto do dinheiro que havia herdado do pai. Mas ainda não havia dinheiro suficiente ali. O jovem chamou alguns escravos. Vendeu um deles. Depois enviou todo o dinheiro à velha. Também enviou quatro vestidos e dois fios de pérolas. A velha pegou o dinheiro e escondeu-o. Pegou um vestido e um fio de pérolas e deu-os à moça. A velha disse-lhe:

— Esses são presentes para você, enviados pelo jovem. Use-os. Agora você está linda. Venha, vamos logo para a casa do jovem antes que o *macafo* volte.

A velha levou a linda moça para o belo jovem. O belo jovem recebeu a linda moça.

Depois, disse a seus escravos:

— Joguem a velha na rua!

— Um dia desses, você vai me chamar aqui de novo — disse a velha.

A velha foi para casa.

À noite o *macafo* chegou à casa da velha. O *macafo* ganhara um vestido e trouxera comida. O *macafo* entrou em seu quarto. E perguntou:

— Moça, onde está você? Minha moça, você está com vergonha. Mas eu não vou exigir que você fale. Vou encontrá-la, mesmo sendo cego.

O *macafo* aproximou-se da cama, explorou-a com as mãos e disse:

— Moça, você não está na cama. Minha moça, você está com vergonha. Ainda é virgem. Mas vou encontrá-la, mesmo sendo cego.

O *macafo* sentou-se na cama e disse:

— Minha moça, sou cego. Minha moça, sou pobre. Mas Alá abençoa os cegos quando eles não são maus. Sou cego, mas nunca fiz nada de mau. Sou cego, mas nunca enganei. Sou cego, mas nunca fui um *monafique*, um mexeriqueiro maldoso com ares de gente de bem. Nunca fui mau. E, por esse motivo, Alá sempre cuidou de mim. Você vai se casar comigo, mas nunca vai ter de ir para a rua para as prostitutas fazerem amizade com você. Você está se tornando minha mulher no dia do grande Sala e, por isso, Alá vai cuidar de nós dois. Minha moça, não fique com vergonha. Minha moça, venha para os meus braços!

O *macafo* perguntou:

— Minha moça, onde é que você está? Minha moça, sou cego; não é a mesma coisa que acontece quando outras pessoas se casam. Minha moça, venha para os meus braços!

O *macafo* disse:

— Minha moça, gostaria de encontrá-la. Moça, vou encontrá-la.

O cego levantou-se. Ele andou encostado à parede. Sentiu a parede e foi até o outro lado do quarto, sentindo a parede dali. Tateou todas as paredes, e não encontrou a moça. O *macafo* sentou-se na cama e disse:

— A minha moça não está aqui.

O *macafo* levantou-se e foi até o pátio, onde estavam outras pessoas. Ele interrogou-as, dizendo:

— Hoje de manhã cheguei aqui com uma moça que o rei tinha me dado. Trouxe a moça para cá e saí para arranjar-lhe um vestido de noiva. Voltei com o vestido de noiva, mas não consegui encontrar minha moça. Vocês podem me dizer onde está a minha moça?

Algumas pessoas disseram:

— Não sei.

— Ela deve ter fugido — disseram outras.

— Alguém deve tê-la levado — disseram outras ainda.

— Alguém deve ter conversado com a moça — comentou alguém.

— Deve ser algum negócio — disse outro.

— Um cego é fácil de enganar — disse um velho.

— A moça estava muito bem-arrumada. É uma moça linda — disse um menino.

O *macafo* perguntou:

— Será que um de vocês poderia me arranjar uma vara bem forte?

Um velho deu-lhe uma vara e disse:

237

— Aqui está. Pegue esta, mas veja se não vai se meter em apuros com o *álcali*, o juiz. Talvez a madeira da vara seja mais dura que os ossos de uma velha.

— Está bem — disse o cego.

O cego pegou a vara e disse:

— Chegou a hora de lutar.

— Meu *macafo*, lembre-se do juiz — falou o velho.

— Isso não diz respeito ao *álcali* — respondeu o cego.

O *macafo* foi procurar a velha. Entrou na casa dela, e a velha disse:

— Você ficou fora durante muito tempo, meu *macafo*.

— Onde está minha moça? — perguntou o cego. — Onde está minha linda moça?

— Aquela moça! Aquela moça! Não era moça nenhuma.

Era uma prostituta.

O cego fechou a porta atrás de si e perguntou:

— Onde está minha moça? Onde está minha linda moça?

A velha gritou:

— Aquela moça má, a moça era má; tinha um *faca*, um amante. O *faca* veio aqui, e a moça queria dormir com ele em seu quarto.

O cego aproximou-se da velha e perguntou:

— Onde está minha moça? Onde está minha linda moça?

— Aquela moça má! — gritou a velha. — Como poderia manter aqui uma criatura perversa? Seu *faca* veio. Seu *faca* me espancou. Depois foram embora juntos.

O cego levantou a vara e disse:

— Minha moça! Onde está minha linda moça?

A velha atirou-se no chão e começou a chorar:

— Aquela moça má! Ela me amaldiçoou! Roubou o último dinheirinho que eu tinha. Não consegui fazê-la ficar.

O cego fez um gesto, como se fosse bater na velha, e ela, com medo, fez cocô no chão.

Mas o cego não bateu nela. O cego disse:

— É melhor eu não tocar em você agora. Você disse que nenhum animal selvagem pegaria aquela moça, a não ser que eu considerasse você um animal! Que nenhum homem a levaria embora se você mesma não a entregasse a ele. E que teria de ser pior que o demônio para ela se perder! Você é pior do que o demônio. Mas Alá vai ver se você pode mais que o demônio. Com o roubo de uma galinha começa a maldade da velhice, e com a morte de muitos homens ela acaba, se Alá não tomar nenhuma providência para impedir seu progresso. Pobre de você! E agora preciso saber se Alá me escolheu para impedir o seu progresso.

E o cego saiu.

O *macafo* trancou a porta depois de sair. A velha começou a gritar dentro da casa. O cego foi embora; foi procurar o rei. O cego disse ao rei:

— Meu rei, empreste-me dez homens fortes.

— Para que você quer dez homens fortes? — perguntou o rei. — Está querendo pôr um telhado novo em sua casa?

— Não, não quero pôr um telhado novo em minha casa. O meu problema não é esse. É um problema com Alá. Alá colocou uma velha em minhas mãos, uma velha pior que o demônio — respondeu o cego.

— Então leve dez homens fortes — disse o rei.

O cego saiu com os dez homens fortes e foi procurar o chefe da corporação dos açougueiros, o *sarqui faua*.

— Dê-me dez quiris, dez correias de couro com que os touros são amarrados para não se defenderem do açougueiro — disse o cego.

— Para que você precisa de dez quiris? — perguntou o chefe dos açougueiros. — Quer construir uma armadilha para leões?

— Não, não quero construir nenhuma armadilha para leões. Isso não é problema meu. Meu problema é com Alá. Alá colocou uma velha em minhas mãos, uma velha pior que o demônio. O rei emprestou-me dez homens fortes — respondeu o cego.

— Então pegue os dez quiris — disse o chefe dos açougueiros.

Depois o cego foi com os dez homens fortes e as dez correias de couro para a casa da velha. O cego destrancou a porta e depois disse aos dez homens fortes:

— Amarrem o corpo da velha com essas dez tiras de couro, em volta de sua cabeça, de seus braços e de suas pernas.

Espanquem-na e chutem-na. Empurrem-na para a frente e para trás.

Estrangulem-na e batam nela com uma vara. Deem-lhe socos e apertem seu corpo.

Os dez homens fortes amarraram as correias em volta dos membros e da cabeça da velha, e em volta do pescoço e do corpo, e bateram nela e chutaram-na. Empurraram-na para lá e para cá. Depois a sufocaram e lhe deram socos. A velha gritava e berrava. A velha vomitou sangue e fez cocô no chão. O cego disse:

— Agora vamos ver se, com todo esse mau cheiro, o mal saiu de dentro dela também. É a vontade de Alá que ela seja paga com a mesma moeda.

Os dez homens fortes soltaram a velha e retiraram as tiras de couro que a prendiam. O cego tocou fogo na casa da velha. Jogou pimenta nela. Depois saiu e trancou a porta. O fogo produziu fumaça. A fumaça encheu o quarto. Em pânico, a velha corria de um lado do quarto para o outro. A fumaça encheu a casa toda. No começo a velha gritou, mas depois a fumaça encheu-lhe a garganta. A velha caiu no chão. Aí o cego abriu a porta e disse:

— Não é vontade de Alá que você morra.

A fumaça saiu da casa. A velha levantou-se outra vez.

O cego chamou um barbeiro e mandou-o raspar os cabelos da velha. Ele não deixou o barbeiro usar água em seu trabalho. O cego pegou um aro de ferro pesado, colocou-o na cabeça da velha e disse:

— Esta é a sua *useca*.[1] E agora vou lhe dar uma carga para você levar. O cego deu uma pedra pesada à velha, que ela tinha de levar na cabeça com o aro de ferro à guisa de almofada. O cego disse:

---

[1] *Useca* é uma almofadinha macia em forma de aro, de couro ou pano e recheada de seda, que os hauçás põem na cabeça quando têm de carregar algo pesado.

— Agora vá andar pelo país inteiro fazendo negócios.

A velha teve de ir. O cego ia atrás dela. Durante sete meses, a velha teve de carregar a pedra na cabeça. Depois o cego lhe disse:

— Agora jogue fora a pedra e o aro de ferro. Você seguiu o caminho do roubo, indo da galinha furtada à moça furtada. Então Alá pôs essa pedra no seu caminho. Minhas contas com você já foram acertadas. Não vou fazer mais nada contra você. Vou seguir o meu caminho. E você, o seu.

O *macafo* foi embora. A velha jogou fora a pedra e o aro de ferro. Depois disse:

— Esse cego é um estúpido. Vou correndo para casa ver se o dinheiro ainda está lá.

A velha voltou à cidade. A velha foi ao mercado e vendeu especiarias. Tinha especiarias à venda no mercado. Íblis, o demônio, apareceu no mercado. Ele procurou a velha e disse:

— Foi péssima a sua história com o *macafo*.

— Ei! Não ria de mim! Você pode ser forte, mas posso superá-lo.

— Como é que é? Não está me reconhecendo, velha dos matusus? — perguntou o demônio.

— Como não haveria de reconhecê-lo? — replicou a velha. — Você é o demônio. Mas mesmo que seja o demônio, sua cabeça, seus membros e seu corpo já foram amarrados algum dia com dez tiras de couro? Dez homens fortes já espancaram, chutaram, apertaram, socaram e bateram em você? Você já foi trancado num quarto com fogo e fumaça de pimenta durante tanto tempo que a fumaça encheu sua garganta e você caiu no chão desmaiado? Algum dia seu crânio já foi raspado e um aro de ferro colocado nele? Já teve de carregar uma pedra pesada durante sete meses em cima desse aro de ferro? Ei, demônio, você acha que aguentaria uma coisa dessas?

— E quais são suas outras façanhas? — perguntou o demônio.

— Minhas outras façanhas? — replicou a velha. — Não me lembro de todas elas. Mas destas aqui eu me lembro: fiz que mais de onze mil pessoas que tinham se casado ferissem os sentimentos umas das outras e acabassem se odiando. Fiz que duas mil pessoas que estavam namorando nunca mais se encontrassem de novo, nunca se casassem e tivessem filhos.

— Esse é um recorde admirável, minha velha — disse o demônio. — Muito bom mesmo. Mas não é motivo para você dizer que pode me superar. Vou lhe dar um exemplo, aqui no mercado, de algo que você não tem condições de fazer. Pois sou Íblis, o demônio.

— Você é um demônio, e bem competente, eu sei — disse a velha. — E provavelmente vai fazer algo grandioso, que eu sei. Se posso imitá-lo ou superá-lo, eu não sei, pois você nunca foi amarrado com dez correias de couro e nunca engoliu fumaça com pimenta. Nunca teve de carregar uma pedra pesada em cima de um aro de ferro na cabeça raspada, durante meses a fio. Por isso vou esperar antes de dizer qualquer coisa, vou esperar até você ter feito o que vai fazer.

A velha arrumou suas coisas na cesta de mercado e foi para casa.

O demônio perambulou pelo mercado. Sentou-se e ouviu o que as moças que vendiam nozes-de-cola estavam dizendo. Sentou-se e ouviu o que os fabricantes de roupas estavam dizendo. Íblis foi até onde ficavam os vendedores de roupa de cama, agachou-se ali perto e ouviu o que estavam dizendo. Íblis ouviu o que o povo da cidade dizia e ouviu o que magussaua, o pagão infiel, que tinha vindo com suas mulheres ao mercado vender carneiros e ovelhas, madeira e *daua* (painço), dizia. Íblis ouviu todos eles. Alguns brigavam com rancor. Alguns falavam bem uns dos outros, e alguns falavam mal. Mas Íblis só prestava atenção às palavras venenosas que eles diziam. Íblis aproximou-se de um grupo de pessoas.

— Vocês compraram daquele homem ali. Ouvi dizer que ele os enganou — disse Íblis.

Íblis aproximou-se de outro grupo e disse:

— Este homem enganou aquele outro, e vocês têm de tomar uma providência.

Íblis foi conversar com outros ainda e disse:

— Aquelas pessoas ali estão dizendo que um de vocês as enganou. Mas só dizem isso porque um deles tratou mal uma de suas mulheres quando ela lhe trouxe comida na noite passada.

Íblis procurou outros ainda e disse:

— Vocês têm de ajudar aquelas pessoas contra essas aqui, pois elas são más e falam mal, pois fizeram coisas erradas.

Íblis foi falar com um homem respeitado cujas caravanas viajavam por todo o país. E disse a esse homem:

— Dizem que você é um mexeriqueiro perverso que faz as pessoas brigarem porque não arrancou delas todo o dinheiro que desejava.

Na verdade, este homem era um *monafique*, um sujeito maldoso que gostava de fomentar a discórdia e, além disso, estava acostumado a tirar até a última moeda que as pessoas tinham, de modo que elas tinham de se escravizar e nunca mais conseguiam recuperar a liberdade.

Mas quando o *monafique* ouviu o demônio comentar sobre o que diziam dele, tirou a espada da bainha. O *monafique* foi correndo em direção às pessoas que tinham falado mal dele e gritou:

— Quem foi que me chamou de *monafique*?

Havia um homem que há muito tempo tinha sido escravizado pelo *monafique* e que agora não tinha mais nada a perder. Esse homem gritou:

— Você é um *monafique*! É verdade! Você é um *monfique*! Vou repetir isso na frente de todo mundo. Todo mundo vai ouvir que você é um *monafique*!

O *monafique* atacou o homem com sua espada. O rico *monafique* matou o pobre homem. Depois disso algumas pessoas gritaram:

— Primeiro este homem roubou nosso dinheiro. Agora rouba nossa vida!

Algumas delas atacaram o *monafique*. Os escravos do *monafique* correram em seu socorro. O rico *monafique* caiu no chão. Alguns soltaram gritos de alegria. Outros soltaram gritos de protesto. Alguns gritaram:

— Este homem enganou aquele outro ali.

Outros berraram:

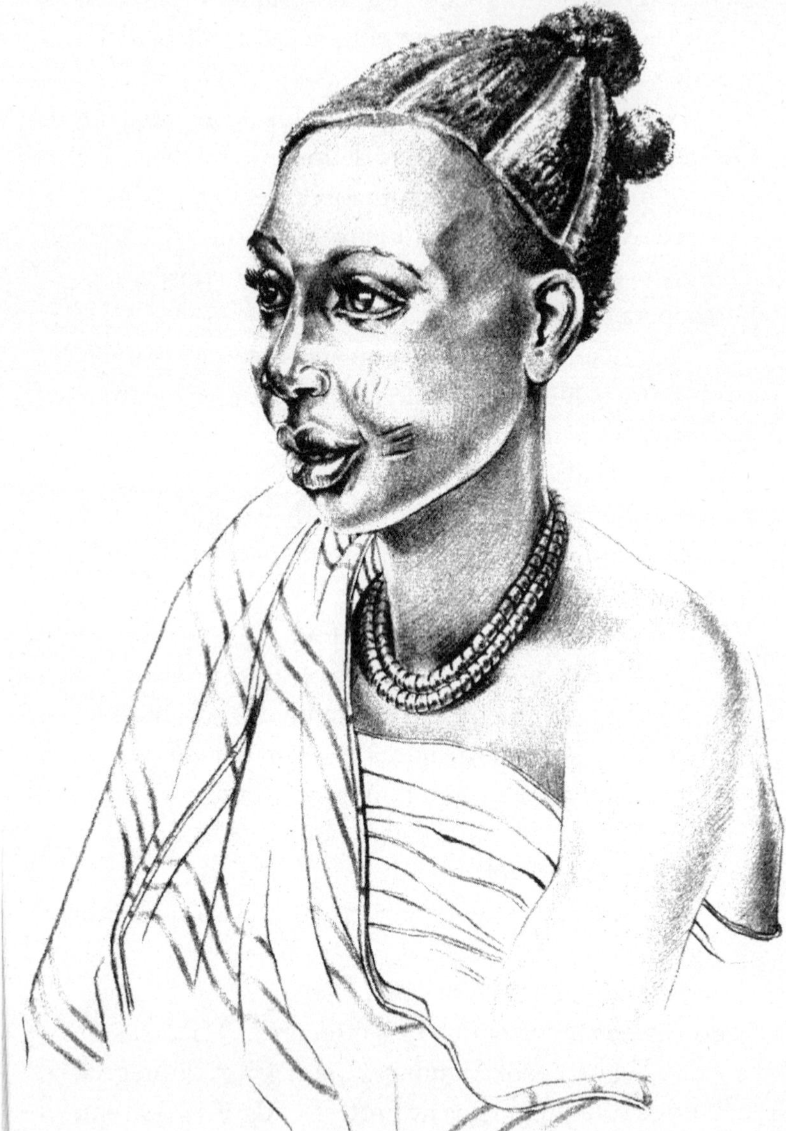

— E aquele ali maltratou a mulher desse aqui!

E todos começaram a brigar. Cada um pegou a arma que estava à mão. No fim, cento e vinte pessoas tinham morrido. Então os *dogaris*, os guardas pessoais do rei, vieram e expulsaram todos do mercado.

O demônio foi procurar a velha e disse:

— Venha comigo para que eu lhe mostre o que posso fazer num único dia.

A velha acompanhou o demônio, que a levou ao mercado. Pelo chão estavam espalhadas cestas e roupas, nozes-de-cola e bolos de feijão, sapatos e refeições, carne assada e fios de lã. Os mortos estavam jogados aqui e ali. E os *dogaris* faziam ronda, marchando para lá e para cá, em meio ao caos de mercadorias e cadáveres, no chão manchado de sangue. O demônio disse à velha:

— Está vendo o que eu fiz num único dia?

A velha examinou o mercado à sua volta. E disse:

— Não estou vendo mais que cento e vinte mortos e um mercado destruído.

— Sim, são cento e vinte mortos e um mercado destruído — respondeu o demônio. — E fiz isso tudo num único dia — acrescentou ele.

— Só isso? — perguntou a velha com desprezo. — Então você acha que pode fazer mais do que eu nesse sentido? Demônio, vá para casa. Volte amanhã à noite que eu vou lhe mostrar o que uma velha consegue fazer.

Na manhã seguinte, a velha saiu e comprou cem nozes-de-cola da melhor qualidade; comprou também uma jarra cheia de água perfumada; depois comprou um pouco de *truare-djubuda* (extrato de almíscar). De tudo isso a velha pegou cinquenta nozes-de-cola e o *truare-djubuda* e partiu em direção à casa do rei. O sarqui, como o rei era chamado, tinha se casado com uma jovem havia pouco tempo. A moça com quem tinha se casado era lindíssima, tão linda que todo o povo da cidade falava dela, e o rei gostava tanto dessa moça que a preferia a todas as outras esposas, colocando-a ao lado da sua primeira mulher.

A velha procurou a jovem esposa do rei. Olhou para ela. E disse:

— Agora que a vi, compreendo suas palavras. As palavras de Susso. Palavras que no início me pareceram coisa de louco.

— O que há comigo? — perguntou a moça.

— Você é muito linda. É mais linda do que todas as outras mulheres. E agora que a vi compreendo as palavras que no início me pareceram coisa de louco.

— O que é isso, velha? Não pode dizer essas coisas aqui.

Está na corte do rei. Venha, vou lhe dar um xale. Agora me conte logo os mexericos da cidade e vá embora — disse a jovem esposa do rei.

A velha olhou para a bela mulher do rei. E disse:

— Sim, ele também disse que eu viesse à casa de um velho, o rei. Disse que aqui veria a jovem esposa do rei, mais linda que todas as outras mulheres. Agora que a vi, compreendo as palavras que no início me pareceram coisa de louco.

— Ande logo — disse a jovem esposa do rei —, conte-me alguma novidade.

A velha pegou as cinquenta nozes-de-cola e o *truare-djubuda* e disse:

— O que é que ele pode lhe mandar além de uma ninharia? Você tem tudo. E, se ele lhe desse um anel de ouro, o rei veria.

— Quem foi que mandou isso aí? Como é que alguém tem coragem de mandar alguma coisa aqui para minha casa?

— Só existe um homem capaz disso — respondeu a velha. — Nenhum outro jovem da cidade teria coragem de mandar uma noz-de-cola para essa casa do rei, para a casa onde o velho rei a trancou!

— Quem foi que a mandou aqui? — perguntou a jovem esposa do rei.

— Só pode ser aquele que vai à frente quando há guerra — respondeu a velha. — Só pode ser aquele cuja chegada o inimigo teme mais que mil outros cavaleiros.

— Quem foi que a mandou aqui? — perguntou a jovem esposa do rei.

— Aquele que me mandou é o filho de Jerima — respondeu a velha.

— O filho de Jerima não tem medo de mandar isso aqui para a esposa favorita do rei? — perguntou a moça.

— Se cem leões atacassem o filho de Jerima — disse a velha —, ele não sentiria medo. Se cem elefantes atacassem o filho de Jerima, ele não sentiria medo. Por que então teria medo de um velho? — perguntou ela.

— Em que pensa o filho de Jerima? — perguntou a jovem esposa do rei.

— O filho de Jerima não pensa mais em orações. O filho de Jerima não pensa mais no pai ou na mãe. O filho de Jerima pensa somente em você! — respondeu a velha.

A jovem esposa do rei pegou as nozes-de-cola. A jovem esposa do rei pegou o *truare-djubuda*. A jovem esposa do rei disse:

— Toda vez que meus dentes brancos morderem essas nozes-de-cola, vou pensar no filho de Jerima. Quando o perfume do *truare-djubuda* impregnar minhas roupas, vou pensar no filho de Jerima.

— Pense nele quando ouvir dizer que ele está indo novamente para a guerra — disse a velha. — Pense nele quando ouvir dizer que foi morto em batalha.

— O filho de Jerima vai logo para a guerra? — perguntou a jovem esposa do rei.

— O filho de Jerima não deseja mais viver — disse a velha. — Só pensa em você. Amanhã vai novamente para a guerra. E não vai voltar.

— Não vai voltar? — perguntou a jovem esposa do rei.

— Não, o filho de Jerima não vai voltar a esta cidade — respondeu a velha. — A cidade em que você vive trancada dentro das paredes da casa do rei. O filho de Jerima deseja morrer.

— Ele vai se deixar matar em batalha! — exclamou a jovem esposa do rei. Ela começou a chorar e disse: — Diga-me, velha, é possível eu ver o filho de Jerima hoje?

— Isso aí é uma coisa difícil — respondeu a velha.
— O filho de Jerima me perguntou se era possível ver

a jovem esposa do rei mais uma vez antes de ir para a guerra. Isso aí é uma coisa difícil.

— O que é isso, velha? O filho de Jerima não vai ter coragem de se deixar matar em batalha! Velha, eu preciso ver o filho de Jerima hoje, hoje! Escute, velha, quando eu quero que o rei faça alguma coisa, ele faz. Agora me diga o que fazer para ver o filho de Jerima hoje.

— Ó jovem e bela esposa do rei, procure seu marido e diga que ficou sabendo que sua mãe está doente e peça-lhe permissão para visitá-la, dizendo que estará de volta antes do cair da noite — disse a velha. — E depois que o rei lhe der permissão, venha rapidamente comigo à casinha que fica ao lado das muralhas da cidade.

— Sim, é exatamente isso o que vou fazer — disse a moça. — Vou procurar o rei agora mesmo. E depois vou com você à casinha que fica ao lado das muralhas da cidade.

— Procure-me — disse a velha. — Vou falar com o filho de Jerima e dizer-lhe que você está em minha casa.

A jovem esposa do rei deu à velha um véu e um vestido. A velha foi embora. A jovem esposa do rei pegou as nozes-de-cola. Pegou um xale e colocou quatro das nozes dentro dele. A jovem esposa do rei disse:

— O filho de Jerima é jovem e belo.

A jovem pegou mais quatro nozes, colocou-as dentro do xale e disse:

— O rei é velho.

A jovem pegou mais quatro nozes, colocou-as no xale e disse: — O filho de Jerima disse que sou a mulher mais bela de toda a cidade.

A jovem esposa do rei pegou mais quatro nozes, colocou-as no xale e disse:

— O filho de Jerima não vai para a guerra.

A jovem esposa pegou mais quatro nozes de cola, colocou-as no xale e disse:

— Vou pedir ao jovem filho de Jerima que não vá para a guerra.

A jovem esposa do rei pegou as nozes restantes, jogou-as dentro do xale e disse:

— Agora vou me encontrar com o filho de Jerima. Vou me jogar no chão diante do filho de Jerima. Vou lhe implorar muitas e muitas vezes que não vá para a guerra. Agora vou me enfeitar e ficar muito bonita e, por fim, agora sei para quem estou fazendo isso!

A jovem esposa do rei tirou a roupa. Ela pôs um vestido lindo e depois colocou a roupa velha por cima. Com seu lindo vestido escondido pela roupa velha, saiu de casa. Entrou na residência do rei e disse a um escravo:

— Vá dizer ao rei que preciso falar com ele!

— Não é hora disso — respondeu o escravo. — O rei está dando audiência.

— O que é isso, escravo? Vá! Se não for, vou eu mesma e vou pedir ao rei que acabe com você. Vá procurar o rei e diga-lhe que sua jovem esposa deseja falar com ele. Sua jovem esposa teme uma morte. Vá!

O escravo entrou na sala de audiências do rei. Todas as pessoas importantes estavam sentadas à sua volta. O escravo atirou-se ao chão diante do rei, que lhe perguntou:

— O que há?

— Sua jovem esposa quer falar com o senhor. Sua jovem esposa teme uma morte — respondeu o escravo.

O rei levantou-se e saiu. O *tchiroma*, o tesoureiro real, disse ao *galadima* da cidade:

— O rei está ficando velho. Qualquer mulher faz o que bem entende com ele.

— Sim, o rei está ficando velho — disse o *galadima*.

O rei entrou na casa em que a jovem estava esperando por ele. A jovem chorava e disse:

— Sarqui! Sarqui! Sarqui! Rei! Rei! Rei!

— Você está chorando e usando roupas velhas — disse o rei. — Não lhe dei uma quantidade suficiente de lindos vestidos novos?

A jovem esposa chorava e gritava:

— Rei! Rei! Rei!

O rei inclinou-se sobre ela e levantou-a. Depois perguntou:

— O que há?

— Temo uma morte! Temo uma morte! Temo uma morte! — gritou a jovem esposa.

— Por que você haveria de morrer? — perguntou o rei.

A jovem esposa continuou chorando, e disse:

— Não vou ser a primeira a morrer. Mas uma pessoa morre e depois outra pessoa também tem de morrer.

— Quem, então? — perguntou o rei.

A jovem esposa continuava chorando.

— Dê-me permissão de ir visitar minha mãe — disse ela. — Acabei de receber a notícia de que ela está doente. Estarei de volta esta noite.

— Sua mãe está doente há muito tempo? — perguntou o rei.

A moça continuava chorando:

— Não. Mas posso ir?

— Vá — disse o rei.

A jovem esposa saiu rapidamente e atravessou o pátio correndo.

Ela atravessou a cidade e foi até o fim da cidade. A jovem esposa correu até a casinha que ficava perto dos muros da cidade. Ela entrou na casa da velha, que lhe disse:

— Você! Mas por que veio com essas roupas velhas e pobres?

— Não se preocupe — disse a jovem esposa. — Vá logo chamar o filho de Jerima!

A velha foi. Ela atravessou a cidade e disse a si mesma: — O caçador que está na mata atirou numa folha de grama da estepe. O vento logo vem. Ela vai fazer a mata pegar fogo, e o incêndio vai destruir as casas e os celeiros das pessoas.

A velha atravessou a cidade correndo. Ela entrou no pátio da casa de Jerima. Jerima tinha um único filho. E o filho de Jerima estava em casa. Os escravos de Jerima estavam diante dele afiando as espadas, as adagas e as lanças. A velha atirou-se no chão diante do filho de Jerima. E lá ficou. O filho de Jerima perguntou:

— O que há de errado?

— O filho de Jerima não tem medo de nada e rouba os filhotes do leão — disse a velha.

— Qual é o problema? — perguntou o filho de Jerima.

— O que dois ouvidos gostariam de escutar não precisa ser escutado por oito — respondeu a velha.

O filho de Jerima pediu aos escravos que saíssem, e eles saíram.

Os escravos de Jerima saíram, e o filho de Jerima perguntou:

— O que há?

A velha tirou as cinquenta nozes-de-cola escondidas no véu. A velha pegou o frasco de perfume e o colocou diante dele. Depois disse:

— Isto lhe foi enviado por uma mulher jovem.

— O que está querendo dizer? — perguntou o filho de Jerima.

— Que não deve ir para a guerra. Que não deve morrer. Pois quando uma pessoa morre, então outra também tem de morrer, pois uma delas não consegue viver quando a outra não volta — disse a velha.

O filho de Jerima pegou sua espada e ergueu-a. Ele disse:

— Velha, fale logo quem é essa jovem.

— É a jovem esposa do rei — disse a velha.

— A jovem esposa do rei!? — exclamou o filho de Jerima, atirando longe a espada. E perguntou:

— Onde está a linda e jovem esposa do rei?

— A linda e jovem esposa do rei está em minha casa. A bela jovem está sentada na beira da cama — respondeu a velha.

— Leve-me até lá! Mostre-me o caminho — disse o filho de Jerima.

A velha saiu. O filho de Jerima levou consigo um dos homens de seu pai. O filho de Jerima e o homem seguiram a velha. A velha, o homem e o filho de Jerima atravessaram a cidade. Chegaram à muralha que circundava a cidade. O homem afastou-se. A velha abriu a porta da casa. A jovem esposa do rei levantou-se da beira da cama. O filho de Jerima entrou na casa. A jovem deixou as roupas velhas caírem no chão. A jovem ficou diante do filho de Jerima. Era muito bela. E usava lindas roupas. A velha fechou a porta. O filho de Jerima ficou ali, na casa, com a bela e jovem esposa do rei.

O homem de Jerima ficou do lado de fora. A porta da casa da velha estava fechada com o trinco. A velha saiu correndo e atravessou a cidade. Ela foi correndo para a casa do rei. As pessoas influentes já tinham cumprimentado o rei e este lhes tinha oferecido um desjejum. O rei tinha se retirado para uma câmara interior. As pessoas importantes já tinham ido embora. O rei estava sozinho. A velha entrou rapidamente pelo corredor. Correu para a câmara onde o rei estava. A velha atirou-se ao chão e gritou:

— Oh, rei! Rei! Rei! — A velha gritava e chorava. — O senhor vai me matar porque outros o enganaram!

— Qual é o problema? — perguntou o rei.

— Como vou lhe contar que o filho de Jerima não o respeita? — perguntou a velha chorando.

— E de que forma ele está me desrespeitando? — perguntou o rei.

A velha continuava chorando, mas respondeu:

— Se ao menos o filho de Jerima se divertisse com a esposa de outros homens! Será que o filho de Jerima não pode deixar ao menos essa linda e jovem esposa em paz? Será que o filho de Jerima tinha de se dedicar exatamente a essa jovem e bela esposa, a quem o senhor ama mais que todas as outras e que colocou ao lado de sua primeira mulher?

— Velha, diga a verdade — falou o rei. — Diga-me se viu o filho de Jerima com minha esposa.

— Eles estão em minha casa! — respondeu a velha.

— Está mentindo! — gritou o rei.

— Olhe para os meus cabelos brancos — disse a velha. — Não minto. Neste exato momento estão na minha cama, na minha casa.

— Vou enviar um mensageiro para averiguar — disse o rei. E chamou um de seus homens.

— Vá com a velha ver se é verdade que o filho de Jerima está com minha mulher — ordenou o rei.

O mensageiro pegou uma adaga e saiu com a velha.

A velha levou o mensageiro do rei até sua casinha ao lado dos muros da cidade. A certa distância da casa, estava o homem de Jerima. O mensageiro do rei foi até a porta da casa da velha, abriu-a e viu o filho de Jerima. E também a linda e jovem esposa do rei. Mas a linda e jovem esposa do rei e o filho de Jerima não viram o mensageiro do rei. Pois só tinham olhos um para o outro. O mensageiro do rei pegou sua adaga e esfaqueou o filho de Jerima nas costas.

O sangue espirrou e caiu sobre a linda e jovem esposa do rei. A linda e jovem esposa do rei gritou. O filho de Jerima disse:

— Que morte inglória! — E caiu morto.

A velha estava do lado de fora com o homem de Jerima.

O filho de Jerima havia dito: "Que morte inglória!" O homem de Jerima correu para dentro da casa e matou o mensageiro do rei. Depois o homem de Jerima tropeçou nas roupas da jovem esposa do rei que ela havia tirado e tinham caído no chão. A velha saiu correndo. Ela atravessou a cidade. A velha correu com tantas pernas tinha. E disse a si mesma:

— Agora o vento está levando as chamas para a casa e o celeiro das pessoas. Não vai restar pedra sobre pedra nesta cidade.

E continuou correndo a toda a velocidade. A velha chegou à casa de Jerima e gritou:

— Jerima, por que ainda não selou seu cavalo?

— E por que haveria de selar meu cavalo, velha? — perguntou Jerima.

— Então vai para a guerra a pé como um soldado comum? — perguntou a velha.

— E quem está em guerra? — indagou Jerima.

— Quando o rei queria saquear uma cidade estrangeira, você ia na frente e era o primeiro — respondeu a velha. — Mas agora, depois que o rei mandou matar seu filho, você fica aqui deitado em sua esteira.

Jerima levantou-se de um salto. A velha disse:

— Ele não era o seu único filho?

— Selem meu cavalo! Selem meu cavalo! — gritou Jerima.

A velha saiu correndo. Atravessou as ruas. Corria a toda a velocidade. Ela disse a si mesma:

— Agora o vento está levando as chamas para o celeiro e para a casa das pessoas. Não vai restar pedra sobre pedra nesta cidade.

A velha corria a toda a velocidade. Ela correu até a casa do rei. Gritava ao entrar pelo corredor.

— Ó rei! Rei! Rei! Sele seu cavalo!

— O que está acontecendo? — perguntou o rei.

— Rei o senhor era. Rei o senhor não é mais! Jerima matou seu mensageiro. Ele está em cima de seu cavalo, cavalgando pela cidade com seus cavaleiros — disse a velha.

— Cavem um túmulo para o rei! — gritou o soberano.

A velha saiu correndo e disse a si mesma:

— Agora vou jogar lenha e grama seca na fogueira.

— E corria a toda a velocidade.

A velha correu para o local onde viviam os mendigos e ladrões. A velha chamou os mendigos e ladrões e disse:

— Depois que os grandes animais matarem uns aos outros, os vermes se banquetearão com os corpos.

Os mendigos e ladrões perguntaram:

— O que está acontecendo?

— Ouçam o rufar dos tambores — disse a velha. — Ouçam o ruído dos cavaleiros. O rei e Jerima começaram uma guerra. Todos estão nas ruas.

Os mendigos e ladrões disseram:

— Bem, não estamos aqui para lutar. Deixem que os outros lutem. O que devemos fazer?

A velha respondeu:

— Todos os homens estão nas ruas. Ninguém está vigiando as casas. Vocês podem entrar em qualquer lugar. Toquem fogo nas casas. Roubem roupas e pérolas, roubem prata e ouro.

Os mendigos e ladrões retorquiram:

Pintura rupestre no sudeste da África de um arqueiro primorosamente armado.

— A velha está certa. Vamos lá. É isso mesmo o que vamos fazer.

— De que tipo de mulher vocês gostam? Pensem nas mulheres que podem ter hoje. Todos os homens estão nas ruas. Joguem suas esposas e filhas no chão. Vão gostar mais delas que das *caruas*! — disse a velha.

Os mendigos e ladrões saíram correndo.

Os mendigos e ladrões saíram correndo. Todos os homens corriam com armas pelas ruas. Os tambores vociferavam. Cavaleiros esporeavam os cavalos. Jerima reuniu seus seguidores e cavalgou com eles até o lugar onde vivia o rei. O rei reuniu seus seguidores e cavalgou com eles até a casa de Jerima. Os grupos rivais encontraram-se. Jerima gritou:

— Você matou o meu único filho!

— Seu filho deitou-se com minha bela e jovem esposa — gritou o rei.

O rei e Jerima ergueram as espadas e atacaram. O rei e Jerima acertaram o alvo. O rei e Jerima caíram de seus cavalos. O rei e Jerima morreram.

Os seguidores do rei gritaram. Os seguidores de Jerima berraram. Alguns atacaram por um lado, outros, por outro. Alguns golpearam à direita, outros à esquerda. Alguns lutaram com lanças, outros com clavas. Alguns atiraram flechas, outros atiraram pedras. As mulheres correram para casa e esconderam os filhos. As moças correram para os celeiros e para as lojas e se esconderam lá. Mas os mendigos e ladrões corriam pela cidade. Eles puseram fogo num celeiro, depois numa casa. Os mendigos e ladrões entraram nas casas. Alguns roubaram. Outros atiraram lanças no chão. Os homens que estavam nas ruas correram para salvar suas posses. As chamas estavam por toda parte. Crianças foram mortas por flechadas. Mulheres foram pisoteadas por cavalos. Muita gente morreu queimada viva.

As casas e os celeiros queimaram e foram destruídos. Homens, mulheres e crianças morreram. Os muros da cidade arderam. Mulheres gritavam nas ruas. Quem conseguiu salvar alguma coisa fugiu da cidade. Homens mortos estavam jogados nas ruas. Pilares de fogo contorciam-se nos quintais. Os mendigos e ladrões carregaram tudo o que puderam. Quem pôde fugiu pelo portão da cidade e se escondeu na mata.

A velha estava de pé no muro da cidade, em cima do portão. A velha dançava e cantava. Ela cantava o seguinte:

— Não danço desde que era jovem. Desde que era jovem, não dancei uma única vez. Mas hoje vou ser a rainha da cidade. *Curra,* a hiena, e *angulu,* o busardo, vão se prostrar diante de mim e gritar: "Ranha! Rainha! Rainha!" Vão me agradecer o banquete que lhes dei com esse incêndio. Vão me agradecer os ossos que lhes atirarei. Ei, *macafo!* Você mandou dez homens me amarrar com dez tiras de couro em torno dos meus membros, da cabeça, do pescoço e do tronco. Os dez homens fortes bateram em mim e me chutaram, apertaram meu corpo, me beliscaram e me estrangularam. Ei, *macafo!* Você me trancou num quarto com fogo e fumaça de pimenta até minha garganta ficar cheia de fumaça e eu desmaiar. Ei, *macafo!* Em meu crânio raspado a seco, você pôs um aro de ferro como se fosse

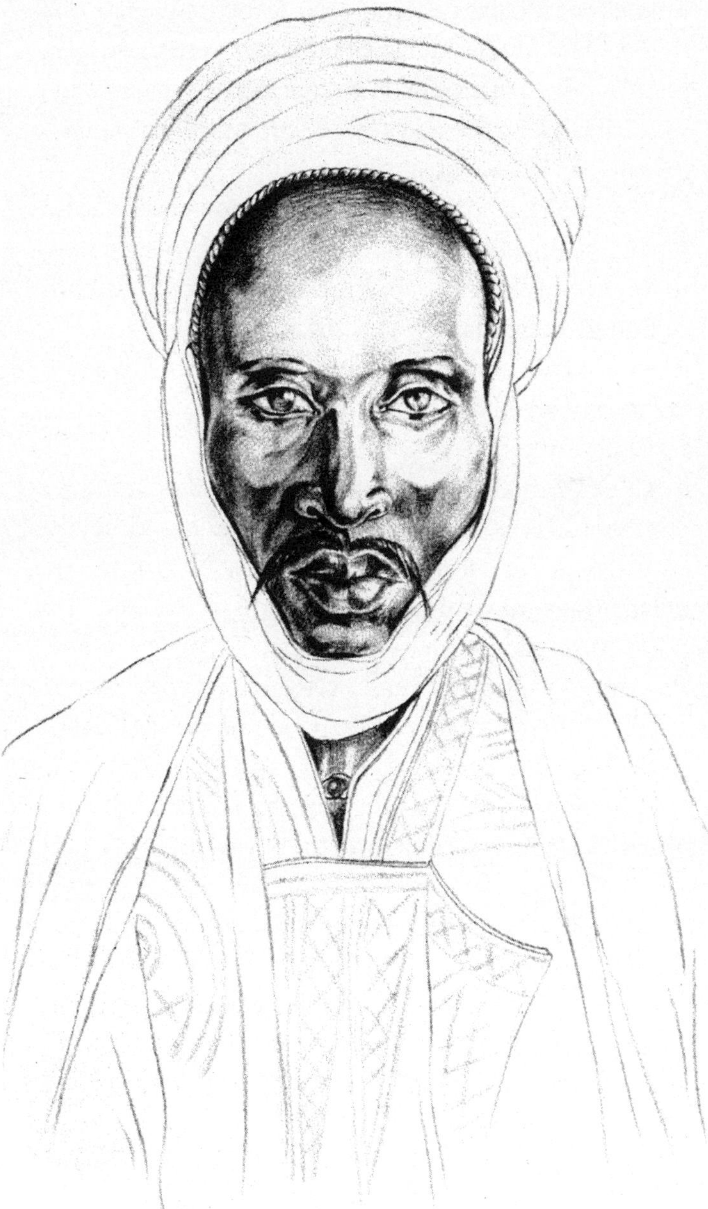

uma almofada para acomodar uma pedra pesada que eu tive de carregar na cabeça durante sete meses. Ei, *macafo!* Olhe para a cidade em que perdeu sua galinha, sua cabra, seu burro, seu cavalo e seu camelo! Ei, *macafo,* foi você quem me ensinou isso tudo!

A velha dançava no muro da cidade em cima do portão de entrada. A cidade tinha sido arrasada pelo fogo. As pessoas estavam mortas no chão ou tinham fugido. A velha dançava e cantava:

— Ei, Íblis! Venha aqui ver o que uma velha pode fazer. Ei, Íblis! Não o superei?

O demônio veio.

O demônio subiu no alto do muro da cidade. O demônio olhou para ela lá embaixo. O demônio viu os cadáveres e as casas incendiadas. No centro da cidade estavam o rei e Jerima mortos, um ao lado do outro. Não havia uma única pessoa viva na cidade. As hienas saíram da mata. Os gaviões voavam por sobre a fumaça no ar parado. O demônio viu aquilo tudo e disse:

— O quê? Você, uma velha sozinha, fez tudo isso num único dia? Se você fez isso tudo, o que então fará amanhã?

O demônio começou a sentir medo da velha. O demônio pulou de cima do muro. O demônio desapareceu no meio da terra. A velha nunca mais o viu.

O sol se pôs.

PARTE TRÊS
OS RÓDESIANOS DO SUL[1]

---
[1] Atualmente, os habitantes do Zimbábue. (N. E.)

HISTÓRIAS DO CHIFRE DE *NGONA*

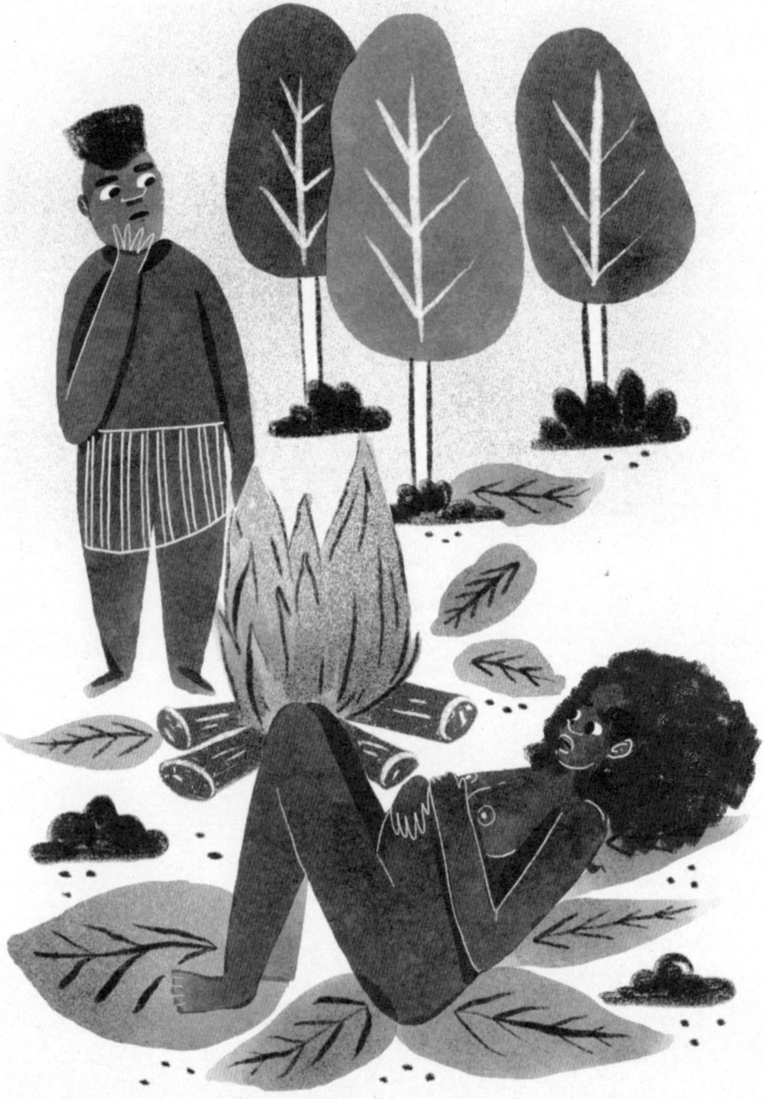

MUUETSI E SUAS ESPOSAS

Maori (Deus) criou o primeiro homem e deu-lhe o nome de Muuetsi (lua). Colocou-o no fundo de um *dsivoa* (lago) e deu-lhe um chifre cheio de óleo de *ngona*. Muuetsi morava no *dsivoa*.
Muuetsi disse a Maori:
— Quero ir para a terra.
— Você vai se arrepender — respondeu Maori.
— Quero ir para a terra assim mesmo — disse Muuetsi.
— Então vá para a terra — respondeu Maori.
A terra era fria e não tinha nada. Não havia grama, nem arbustos, nem árvores. Não havia animais. Muuetsi chorou e perguntou a Maori:
— Como é que vou viver aqui?
— Eu bem que o avisei — disse Maori. — Você entrou num caminho no fim do qual morrerá. Mas vou lhe dar alguém como você.
Maori deu a Muuetsi uma moça chamada Massassi, a estrela da manhã. E disse-lhe:
— Massassi será sua mulher durante dois anos.
E Maori deu uma pederneira a Massassi.

À noite, Muuetsi entrou numa caverna com Massassi, que lhe disse:

— Ajude-me. Vamos acender o fogo. Vou catar *chimandra* (gravetos) e você vai fazer a *rusica* (a parte móvel do instrumento de fazer fogo) girar. Massassi catou *chimandra* e Muuetsi fez a *rusica* girar. Depois que acenderam o fogo, Muuetsi deitou-se de um lado dele e Massassi, do outro. O fogo queimava entre eles.

Muuetsi pensou consigo mesmo:

— Por que Maori me deu essa moça? O que devo fazer com essa moça chamada Massassi?

Quando era noite fechada, Muuetsi pegou seu chifre de *ngona*. Umedeceu o dedo indicador com uma gota de óleo de *ngona*. Muuetsi disse:

— *Ndini chaambuca mhiri ne mhiri* (Vou pular por cima do fogo).[1] Muuetsi pulou sobre o fogo e aproximou-se da moça, Massassi. Ele tocou o corpo de Massassi com o óleo que estava em seu dedo. Depois Muuetsi voltou para sua cama e dormiu.

Quando acordou de manhã, Muuetsi procurou Massassi.

Muuetsi viu que o corpo de Massassi tinha inchado. Quando o dia nasceu, Massassi começou a parir. Massassi pariu gramas. Massassi pariu arbustos. Massassi pariu árvores. Massassi continuou parindo até que a terra tornou-se coberta de grama, arbustos e árvores.

---

[1] Essa frase é repetida muitas vezes, como um estribilho, num tom melodramático e cerimonioso.

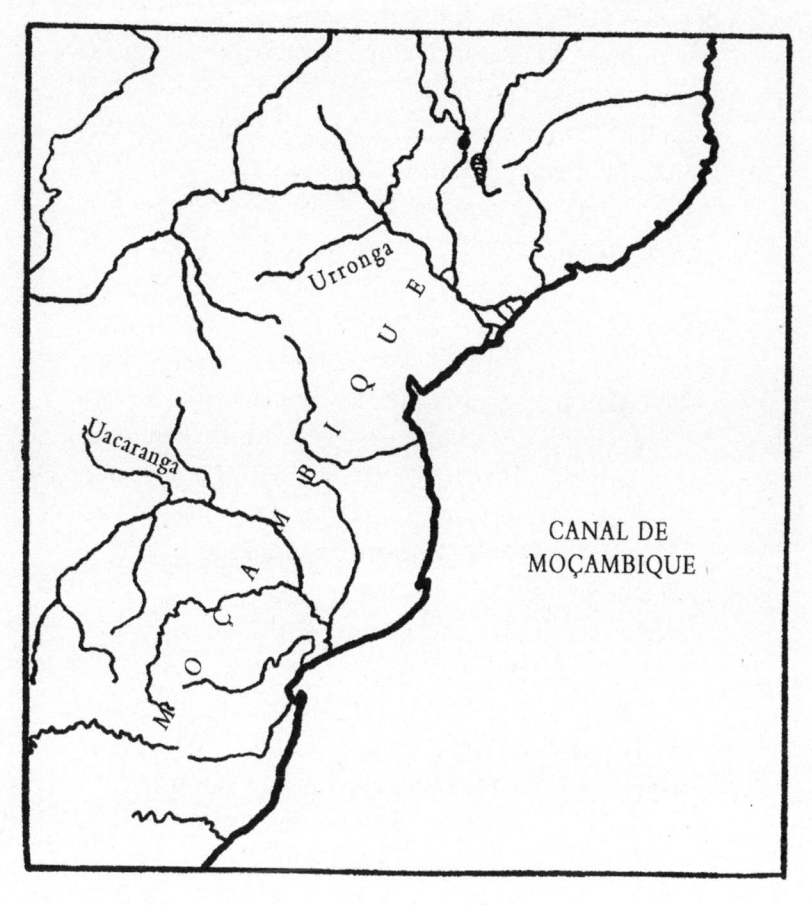

Mapa com áreas de pinturas rupestres, no Zimbábue e Moçambique

As árvores cresceram. Cresceram até que o alto de sua copa alcançasse o céu. Quando o topo das árvores chegou ao céu, começou a chover.

Muuetsi e Massassi viviam em meio à abundância. Tinham frutas e cereais. Muuetsi construiu uma casa. Muuetsi fez uma pá de ferro. Muuetsi fabricou uma enxada e cultivou plantações. Massassi fez armadilhas para os peixes e os pegava com elas. Massassi pegava lenha e água para cozinhar. E assim Muuetsi e Massassi viveram durante dois anos.

Depois de dois anos, Maori disse a Massassi:

— O tempo acabou.

Maori tirou Massassi da terra e devolveu-a ao *dsivoa*.

Muuetsi chorou e lamentou-se. Chorou e lamentou-se, e disse a Maori:

— Como vou viver sem Massassi? Quem vai pegar lenha e água para mim? Quem vai cozinhar para mim?

E Muuetsi chorou e lamentou-se durante oito dias. E então Maori disse:

— Eu bem que o avisei que você estava indo para a morte. Mas vou lhe dar outra mulher. Vou lhe dar Morongo, a estrela da tarde. Morongo vai ficar com você durante dois anos. Depois a levarei de volta.

E Maori deu Morongo a Muuetsi.

Morongo encontrou-se com Muuetsi na cabana. À noite, Muuetsi quis deitar-se do lado que era seu perto do fogo. Morongo disse:

— Não se deite aí. Deite-se a meu lado.

Muuetsi deitou-se ao lado de Morongo. Muuetsi pegou o chifre de *ngona* e molhou o dedo no óleo. Mas Morongo disse:

— Não faça isso. Não sou como Massassi. Agora besunte suas partes com óleo de *ngona*. Depois besunte minhas partes com o óleo de *ngona*.

Muuetsi fez o que Morongo lhe pedira. E Morongo disse:

— Agora copule comigo.

Muuetsi copulou com Morongo. Depois Muuetsi foi dormir. Pouco antes de amanhecer, Muuetsi acordou. Olhou para Morongo, para ver se o corpo dela tinha inchado. Quando o dia nasceu, Morongo começou a parir. No primeiro dia, Morongo pariu galinhas e galos, ovelhas e carneiros, cabras e bodes.

Na segunda noite, Muuetsi dormiu com Morongo de novo.

Na manhã seguinte, ela pariu antílopes, vacas e bois.

Na terceira noite, Muuetsi dormiu com Morongo de novo.

Na manhã seguinte, Morongo pariu meninos, e depois meninas. Os meninos que nasceram de manhã já estavam adultos ao anoitecer.

Na quarta noite, Muuetsi queria dormir com Morongo outra vez. Mas houve uma tempestade e Maori disse:

— Pare com isso. Assim você vai morrer logo.

Muuetsi ficou com medo. A tempestade passou. Depois que a tempestade acabou, Morongo disse a Muuetsi:

— Faça uma porta e depois a use para fechar a entrada da cabana. Assim Maori não vai conseguir ver o que estamos fazendo. E você vai poder dormir comigo.

Muuetsi fez uma porta e com ela fechou a entrada da cabana. Depois dormiu com Morongo. Muuetsi caiu no sono.

Pouco antes de amanhecer, Muuetsi acordou. Muuetsi viu que o corpo de Morongo estava inchado. Quando o dia nasceu, Morongo começou a parir. Morongo pariu leões, leopardos, serpentes e escorpiões. Maori viu. Maori disse a Muuetsi:

— Eu o avisei.

Na quinta noite, Muuetsi queria dormir com Morongo outra vez. Mas Morongo disse:

— Veja, suas filhas já estão adultas. Copule com suas filhas. Muuetsi olhou para suas filhas. Viu que eram belas eque estavam adultas. E copulou com elas. Elas tiveram filhos. Os filhos que nasceram de manhã estavam adultos à noite. E assim Muuetsi tornou-se o *mambo* (rei) de um povo numeroso.

Mas Morongo dormia com a serpente. Não paria mais.

Vivia com a serpente. Certo dia, Muuetsi voltou a procurar Morongo e queria copular com ela. Morongo disse:

— Não quero.

— Mas eu quero — respondeu Muuetsi.

E deitou-se com Morongo. A serpente estava embaixo da cama de Morongo e mordeu Muuetsi. Muuetsi adoeceu.

Depois que a serpente mordeu Muuetsi, Muuetsi adoe- ceu. No dia seguinte não choveu. As plantas murcharam. Os rios e lagos secaram. Os animais morreram. As pessoas começaram a morrer. Muita gente morreu. Os filhos de Muuetsi perguntaram:

— O que fazer?
— Vamos consultar o *hacata* (dado sagrado) — disseram os filhos de Muuetsi.

E os filhos de Muuetsi consultaram o *hacata*. O *hacata* disse:

— Muuetsi, o *mambo*, está doente e definhando. Mandem Muuetsi de volta ao *dsivoa*.

E então os filhos de Muuetsi o estrangularam e o enterraram. Enterraram Morongo com Muuetsi. Depois escolheram outro homem para ser o *mambo*, Morongo também viveu durante dois anos no Zimbábue de Muuetsi.[2]

---

[2] Zimbábue significa algo como "a corte real". As enormes ruínas pré-históricas perto de Forte Vitória são chamadas de "Grande Zimbábue", e as outras ruínas de pedra espalhadas por todo o atual Zimbábue são chamadas de "Pequena Zimbábue".

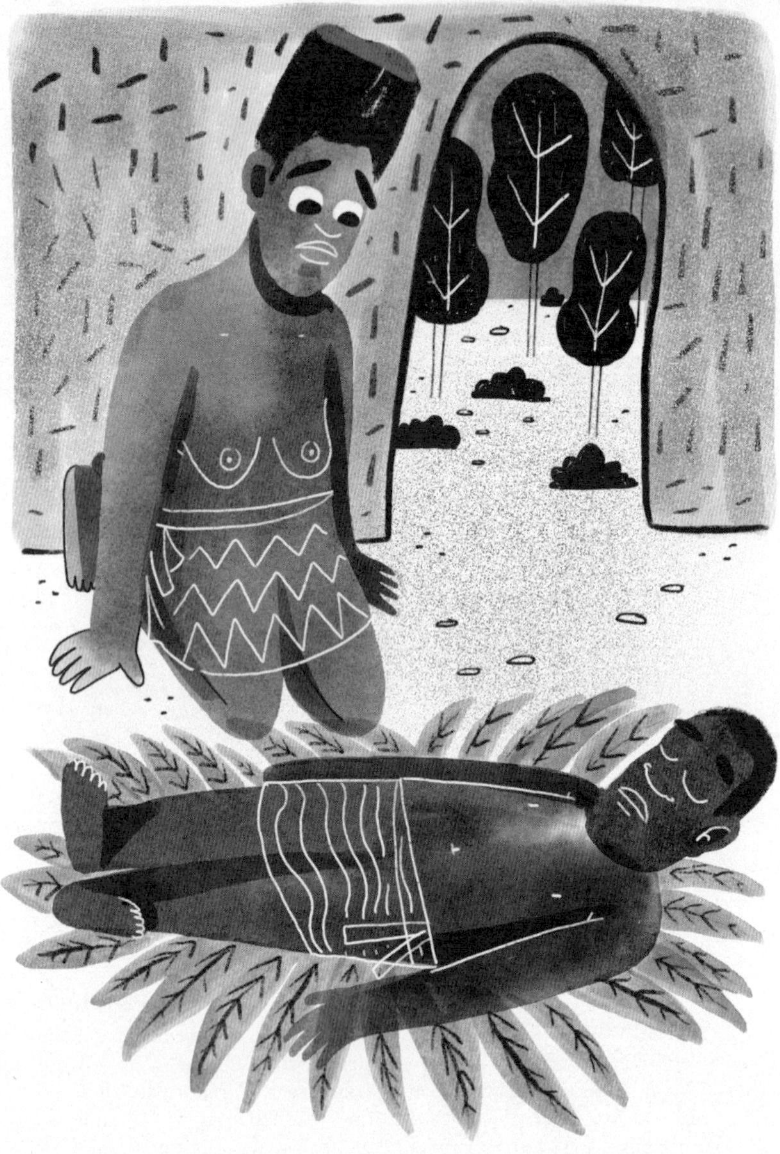

A MOÇA QUE TINHA CORAÇÃO DE MÃE

Havia um homem muito pobre que, apesar disso, tinha um chifre cheio de óleo de *ngona*. O homem bebeu o conteúdo do chifre cheio de óleo de *ngona*. E disse:

— Vou me casar com uma moça que tenha o coração como o coração de mãe. Quero uma esposa que nunca vá me causar problemas. Quero uma esposa que nunca vá brigar comigo quando eu estragar as roupas dela. Quero uma esposa que mantenha tudo limpo e cuide muito bem de mim.

O homem partiu. Em outra aldeia, encontrou uma moça que lhe agradou. E disse a ela:

— Quero me casar com você.

— Eu também — respondeu ela.

— Não basta querer — disse o homem. — Vou dormir com você esta noite para saber se você é mulher para ficar sempre ao meu lado.

E, naquela noite, ele dormiu com a moça. Durante a noite, enquanto a moça o observava, viu que seu corpo estava podre e que os vermes rastejavam sobre ele. A moça ficou aterrorizada e fugiu da cabana. Correu à procura da mãe e disse:

— Mãe, o corpo do homem com quem vou me casar está podre, e os vermes já estão andando em cima dele.

— Isso aconteceu porque vocês, moças, sempre correm atrás do primeiro desconhecido que aparece — disse a mãe. — Nesse caso, é melhor você ficar em casa comigo.

De manhã, a moça voltou à cabana para ver como ia o desconhecido. O jovem já estava acordado e sentado à porta da cabana. Disse à moça:

— Traga-me água.

A moça trouxe água.

O jovem lavou-se e bebeu. E disse à moça:

— Você não é a moça com quem vou me casar. Não tem o coração de mãe. Mas, como me concedeu uma noite, vou lhe dar dois braceletes.

E deu à moça dois braceletes.

O jovem foi para outra aldeia. Lá vivia uma moça um pouco mais velha que a primeira. Até então, nenhum jovem tinha querido se casar com ela. Essa moça agradou ao jovem, que lhe disse:

— Quero me casar com você. Mas primeiro quero ver se você é a moça que estou procurando. Portanto, você vai passar a noite comigo.

O jovem dormiu com a moça. Quando ela acordou de noite, viu que o corpo do jovem estava podre e que os vermes rastejavam sobre ele. Quando viu aquilo, gritou:

— O jovem que amo está morrendo!

A moça correu e pegou sua *caembe* (uma cabaça que é sacudida como se fosse um guizo para acompanhar

Desenho de carpideiras e acompanhantes de enterro no Zimbábue

Pintura de homem com armas no Zimbábue

uma música ou dança). A moça sentou-se ao lado do corpo do jovem e sacudiu a *caembe*. A moça cantou a noite toda. A moça cantou o dia todo.

Na noite seguinte, seus pais vieram e perguntaram:

— Por que você está nesta casa? Por que não volta conosco?

— Não posso abandonar o homem que dormiu comigo — respondeu ela.

— Vou conversar com o chefe da aldeia — disse o pai.

O pai procurou o chefe da aldeia e disse:

— O desconhecido que chegou à nossa aldeia está morto.

— Vamos enterrá-lo — disse o chefe.

E mandou cavar um túmulo. O corpo do desconhecido foi posto no túmulo e enterrado.

As pessoas queriam ir para casa, mas a moça disse:

— Vou ficar aqui com minha *caembe* e cantar ao lado do túmulo daquele que me amou.

— Estou onde minha filha está — disse a mãe.

— Não posso abandonar minha família. Fico aqui — disse o pai.

— Fico com minha família — disse o tio.

— Não podemos deixar essa família aqui sozinha — disseram outras pessoas. — Nós também vamos ficar.

— Tenho de estar onde está o povo de minha aldeia — disse o chefe. — Fico aqui.

O jovem que estava no túmulo ouviu tudo o que foi falado. E disse a si mesmo:

— Agora posso sair do túmulo. Essas são pessoas entre as quais uma moça com coração de mãe pode se sentir em casa. Encontrei uma moça com coração de mãe.

O jovem saiu do túmulo. O jovem deu uma enxada de presente ao pai da moça. E disse:

— Obrigado. Vou me casar com sua filha.

O jovem deu uma enxada ao chefe e a todos os outros membros da aldeia, e agradeceu-lhes. O chefe da aldeia disse-lhe:

— Não posso permitir que um homem que morre, é enterrado e depois sai vivo do túmulo, continue sendo inferior a mim.

O jovem casou-se com a moça e tornou-se o chefe da aldeia.

O CAÇADOR

Um homem foi caçar com os amigos. Os outros tiveram sorte e trouxeram muita caça ao voltar para casa. Mas ele não teve sorte nenhuma e voltou para casa de mãos vazias. O homem foi caçar no dia seguinte, e em muitos outros dias depois. Mas nunca tinha sorte. Nunca trouxe um gamo para casa.

Certo dia, o homem perguntou-se:

— O que devo fazer? É melhor eu fazer uma *muschonga*.

O homem procurou um ganga. O ganga disse-lhe:

— Vou lhe dar um chifre de *ngona*.

O ganga deu um chifre de *ngona* ao homem e disse-lhe:

— Se você for caçar com o chifre de *ngona*, sempre vai trazer muita carne para casa. Mas não tente exagerar no uso do chifre de *ngona*.

O homem foi para casa com o chifre de *ngona*.

Desde então, sempre teve sorte na caça. Sempre trazia carne para casa. Certo dia, disse a si mesmo:

— Não há nenhum motivo para que eu saia sempre de casa.

No futuro, vou mandar o chifre de *ngona* caçar sozinho.

O homem mandou o chifre de *ngona* caçar sozinho. O chifre de *ngona* voltou com carne em abundância. O homem disse ao chifre de *ngona*:

— Agora cace o tempo todo e continue me trazendo carne. O homem havia se esquecido das palavras do ganga.

O chifre de *ngona* caçava todos os dias e sempre trazia carne para casa. Finalmente a casa ficou cheia de comida. O homem disse:

Desenho rupestre no Zimbábue

— Não posso mais viver nesta casa, há carne demais aqui dentro.

E construiu outra casa na mata, a certa distância da primeira. Mas a carne da primeira casa tinha um cheiro forte. O cheiro seguiu o homem até sua casa nova. O homem construiu uma terceira casa mais longe, mais dentro da mata ainda. Mas o cheiro de carne seguiu-o até sua casa nova. O chifre de *ngona* disse ao homem:

— Quando você se cansar de mim, envie-me de volta ao ganga.

Mas o homem não mandou o chifre de *ngona* de volta ao ganga.

O homem construiu uma quarta casa mais longe ainda, no interior da mata. Mas o cheiro da carne seguiu o homem até essa casa também. O cheiro da carne matou-o.

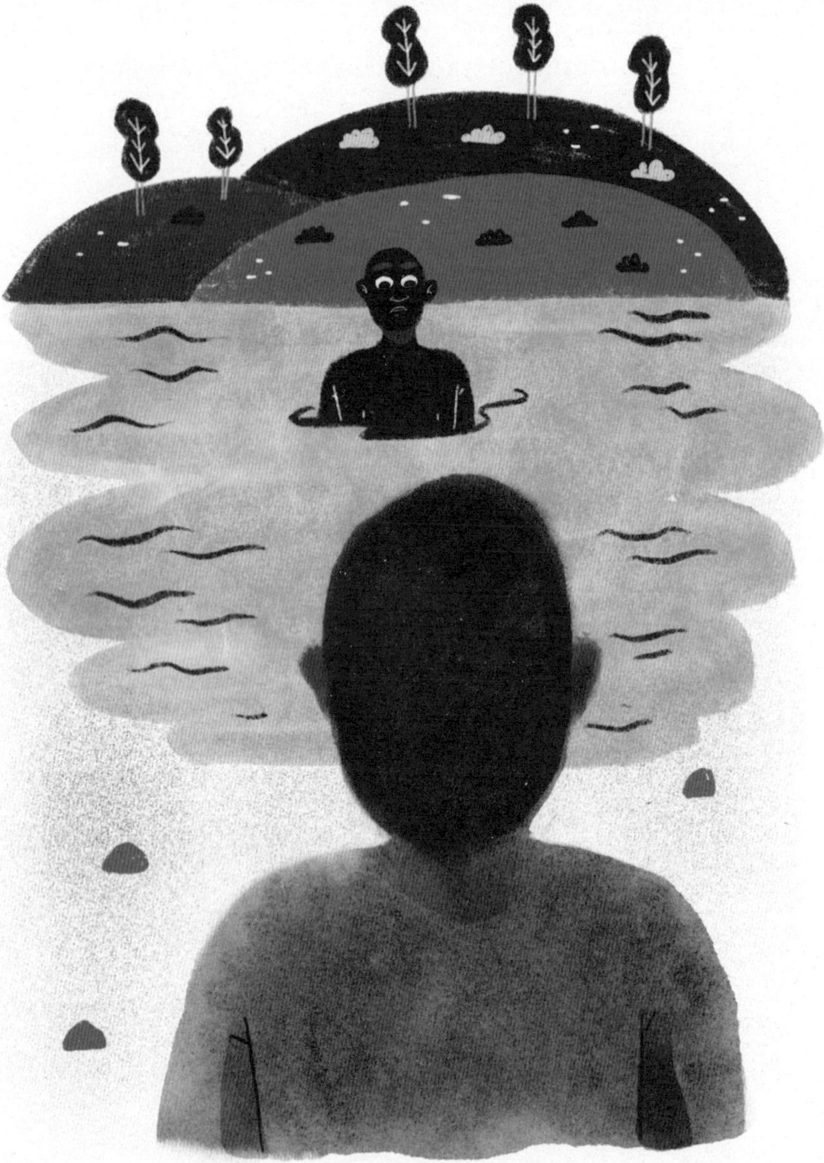

O PESCADOR

Um jovem disse a outro:
— Vamos para outro país procurar moças e casar.
Os dois partiram. Chegaram a outro país. Encontraram duas moças, com quem se casaram. Construíram casas para morar.

Um dos dois jovens tinha um chifre cheio de óleo. Era um chifre de *ngona*. Certo dia, disse a seu amigo:
— Venha comigo amanhã até o rio. Vamos pescar.
— Vamos — respondeu o amigo.

No dia seguinte, foram cedo para o rio. O jovem levou seu chifre de *ngona*.

Quando chegaram ao rio, o jovem disse ao amigo:
— Vou entrar na água e volto no fim da tarde, ao pôr do sol. Enquanto eu estiver embaixo d'água, segure o chifre de tal maneira que a boca aponte para baixo. Mas, quando o sol se puser, vire o chifre de modo que a boca aponte para cima.

— Certo, vou fazer o que está me pedindo — disse o amigo.

Ao amanhecer, o jovem entrou na água. Seu amigo segurou o chifre de *ngona* com a boca virada para o chão. O jovem ficou dentro d'água o dia inteiro. Quando o sol se pôs, seu amigo virou o chifre, de modo que a boca apontasse para cima. E o jovem saiu da água. Tinha pegado muitos peixes grandes, dos quais deu uma boa parte ao amigo.

Toda madrugada os dois jovens iam para o rio. Toda noite voltavam para casa com muito peixe, que davam às suas mulheres para cozinhar. Mas todo dia a esposa do amigo comparava o peixe do marido com o de seu companheiro. Certo dia, perguntou ao marido:

Desenho rupestre de homens e canoa no Zimbábue

— Por que seu amigo sempre traz para casa um peixe maior que o seu?

O marido respondeu:

— Você está enganada. O peixe que trago para casa é suficiente para nos alimentar. Temos mais que qualquer outro na aldeia.

Mas sua esposa era insistente e disse:

— Seu amigo está fazendo você de bobo.

Certa noite, o jovem saiu da água de novo e colocou tudo o que havia pescado na areia. Dividiu os peixes. Havia um número ímpar de peixes. E ficou com o peixe extra. Seu amigo disse:

— Minha mulher está certa.

O jovem ficou com muita raiva, mas não disse nada. No dia seguinte, porém, ao pôr do sol, enquanto seu amigo estava embaixo d'água, ele não virou o chifre; continuou mantendo-o com a boca virada para o chão. E então o jovem que estava embaixo d'água morreu.

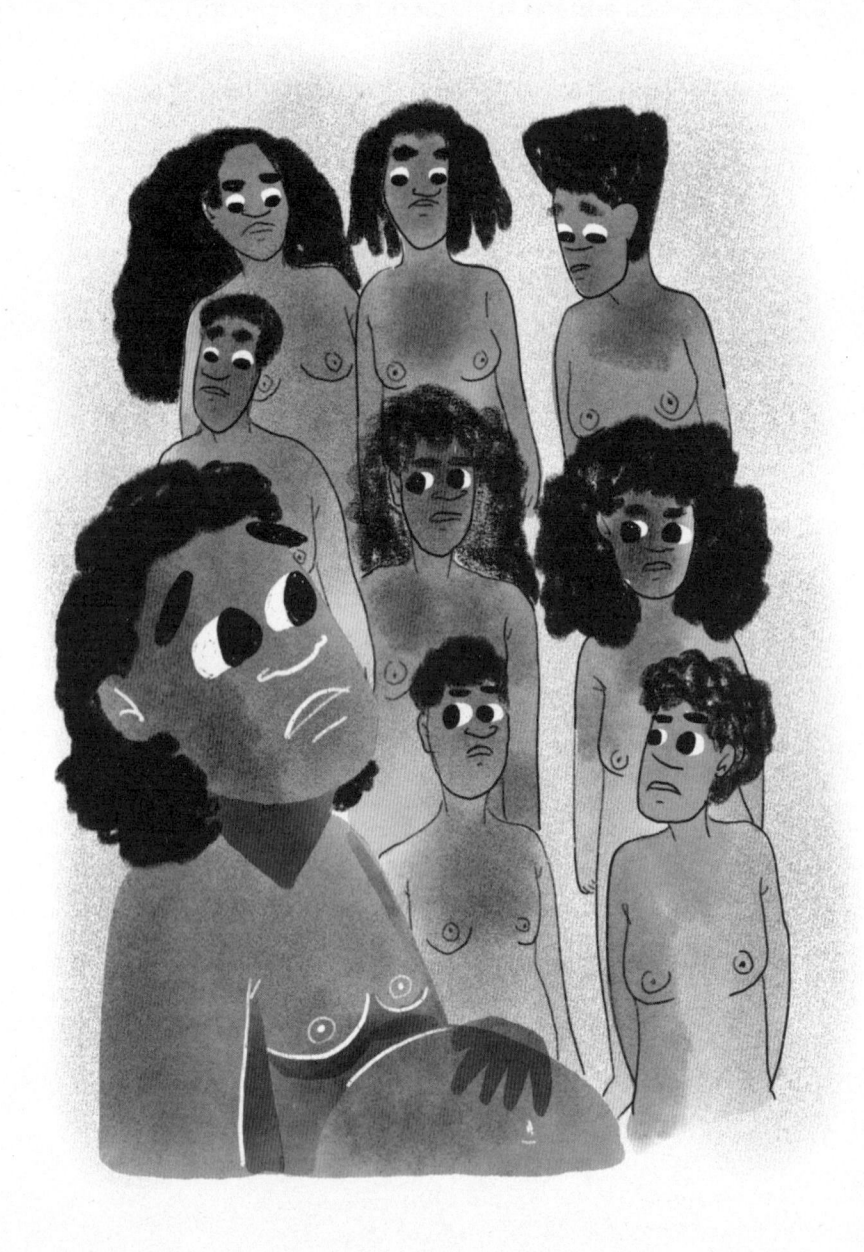

OS LEÕES AQUÁTICOS

Numa certa aldeia viviam nove moças solteiras que eram amigas entre si. Um dia uma das nove engravidou. As outras oito perguntaram:

— Por que ela está grávida e nós não?

As oito moças estavam com inveja da outra. A nona moça teve um filho. As outras oito perguntaram:

— Por que essa moça teve um filho e nós não temos nenhum?

— Vamos tomar banho com ela — disse uma das oito.

— Vamos persuadi-la a jogar a criança na água.

As oito moças disseram à nona:

— Venha conosco, queremos tomar banho.

A nona moça foi com as outras, levando a criança nas costas. Quando chegaram à beira do rio, as oito moças disseram à nona:

— Jogue seu filho na água. Essa criança não lhe faz bem. Pois você não é mais velha que nós, e nós não temos filhos. Você não tem idade suficiente para ter filhos.

A nona moça deixou-se convencer e jogou o filho no lago. Mas havia leões que viviam embaixo d'água.

Pegaram a criança enquanto ela afundava e puseram-na numa jarra bem grande.

Quando a nona moça voltou à aldeia, seus pais perguntaram:

— Onde está seu filho?

— Joguei-o na água — respondeu a moça.

— Por que fez isso? — perguntaram os pais.

— As outras moças me disseram para jogar meu filho na água — respondeu a moça. — Disseram que eu não sou mais velha que elas e que não tenho idade suficiente para ter filhos.

O jovem que era pai da criança ouviu dizer que a moça tinha jogado seu filho na água. Aproximou-se. O jovem e os pais da moça repreenderam-na.

A moça fugiu. Fugiu para o lago no qual havia jogado o filho. A moça pulou na água. O pai da criança pegou seu chifre de *ngona* e foi atrás da moça. O jovem chegou à margem do lago. O jovem pulou no lago com seu chifre de *ngona* e encontrou a moça embaixo d'água. O jovem perguntou à moça:

— Viu meu filho?

— Ainda não — respondeu ela.

O jovem e a moça percorreram juntos o fundo do lago. O jovem e a moça encontraram os leões, e o jovem perguntou-lhes:

— Viram meu filho? Essa moça jogou meu filho na água.

— Pusemos a criança dentro de uma jarra — responderam os leões.

— Pode nos dizer que jarra é essa? — perguntou o jovem.

— Venha comigo — disse um dos leões.

O leão levou o jovem e a moça até um lugar onde havia uma fileira de jarras grandes. O leão disse:

— Agora adivinhe em que jarra está a criança. Se errar, não lhe devolveremos seu filho.

O jovem olhou para as jarras. O jovem consultou seu chifre de *ngona*. O chifre de *ngona* disse-lhe qual era a jarra certa. O jovem apontou para a jarra em que estava a criança.

O leão disse:

— Vamos lhe devolver a criança. Fique aqui. Espere até seu filho crescer. Aí vamos devorar todos vocês.

Os leões foram caçar e o jovem disse à moça:

— Vou pôr você dentro do chifre de *ngona*. Vou pôr nosso filho dentro do chifre de *ngona*.

O jovem abriu a boca do chifre de *ngona* e pôs a moça lá dentro. Depois colocou o filho lá dentro. Ele próprio entrou dentro do chifre de *ngona* e fechou a boca depois.

Os leões voltaram da caça e perguntaram:

— Onde estão o jovem, a moça e a criança?

Os leões procuraram, mas não conseguiram encontrar nenhum dos três. Os leões disseram:

— O jovem e a moça fugiram.

Mas um deles encontrou o chifre de *ngona*. E disse:

— O jovem esqueceu-se de uma coisa.

O leão ficou furioso. Pegou o chifre de *ngona* e atirou-o para cima, e ele caiu na praia do lago.

O jovem, a moça e a criança saíram do chifre de *ngona*. A moça pôs o chifre de *ngona* nas costas. O jovem e a moça foram para a aldeia. O jovem casou-se com a moça.

LENDA URRONGA

MBILA

Há muito, muito tempo, passou-se um ano inteiro sem chover. Por isso o *uanganga* ordenou que uma *mucaranga*[1] fosse sacrificada. O *uanganga* disse:

— Tem de ser uma *musarre* (princesa) em idade de se casar e que nunca tenha se deitado com um homem. A *musarre* tem de ser virgem.

O mambo chamou sua primeira esposa e disse-lhe:

— Procure, entre as *uasarre* (plural de *musarre*), uma que esteja em idade de casar e que nunca tenha se deitado com um homem, uma princesa que possamos sacrificar.

A primeira esposa do rei mandou chamar todas as *uasarre* e perguntou:

— Qual de vocês nunca dormiu com um homem?

As filhas do rei riram e perguntaram:

— Por acaso é obrigação nossa viver como vivem as outras moças?

— Deitem-se — disse a primeira esposa do rei.

---

[1] Jovem xona caranga. (N. E.)

As *uasarre* deitaram-se, cada qual em uma esteira. A primeira esposa do rei não encontrou, entre as *uasarre* em idade de se casar, nenhuma que nunca tivesse se deitado com um homem.

A primeira esposa do rei foi procurar o marido e disse-lhe: — Mambo, entre as *uasarre* em idade de se casar não há uma única que nunca tenha se deitado com um homem.

O rei mandou chamar o *uanganga* e disse:

— Entre as *uasarre* em idade de se casar não há uma única que nunca tenha se deitado com um homem. Diga-me, o que deve ser feito?

— Mambo — disse o *uanganga* —, a *mucaranga* deve ser sacrificada. Se não existe uma *musarre* que ainda não saiba o que é um homem, então precisamos procurar a mais velha entre as *uasarre* que ainda não tenha chegado à idade de se casar. Essa *musarre* deve ser aprisionada no lugar do sacrifício e continuar presa até chegar à idade de se casar. E então vai poder ser sacrificada como uma *mucaranga*.

O rei chamou sua primeira esposa e disse:

— Procure entre as *uasarre*, que ainda não estão em idade de se casar, uma que não saiba o que é um homem.

A primeira esposa do rei mandou chamar todas as meninas do Zimbábue (corte real). Encontrou uma menina que ainda não sabia o que era um homem. Seus seios ainda não tinham apontado.

A jovem *musarre* foi levada para o local do sacrifício. O local do sacrifício ficava entre muros altos (circulares, como a base de uma cabana, e com uma

Desenho de dança cerimonial no Zimbábue

entrada. Os muros não tinham sido construídos com madeira e barro, mas com pedra). No centro ficava um cupinzeiro enorme. Em cima do cupinzeiro crescia uma árvore. A menina foi introduzida no local do sacrifício. A entrada foi fechada com pedras pesadas. Todos os dias as *uasarre* adultas levavam comida e bebida para a *mucaranga*, que faziam passar por cima do muro. O *uacaranga* ficava vigiando para que nenhum homem se aproximasse do local do sacrifício.

A menina cresceu. Dois anos se passaram até que a princesa crescesse e tivesse seios. Durante esses dois anos, não caiu uma gota de chuva. Todo o gado morreu. Muita gente morreu. Os rios secaram. Os cereais não enraizaram. Certo dia, a moça chegou à idade de se casar.

O *uanganga* foi procurar o rei. O *uanganga* disse:
— A *mucaranga* está em idade de se casar. A *mbila* pode começar.

O rei convocou todo o seu povo. O povo reuniu-se no local do sacrifício. O *uanganga* abriu a entrada do local do sacrifício. O *uanganga* cavou uma câmara por baixo das raízes da árvore do cupinzeiro. O *uanganga* cantou o *mizimu*.[2] O *uanganga* estrangulou a *mucaranga*. O povo dançou em volta do local do sacrifício. O *uanganga* enterrou a moça no cupinzeiro, embaixo das raízes da grande árvore. Os sacerdotes cantaram o *mizimu*. O povo dançou em volta do local do sacrifício.

---

[2] Infelizmente, foi impossível obter o texto exato da canção. (N. A.)

Assim que a *mucaranga* foi enterrada embaixo de suas raízes, a árvore começou a crescer. A árvore cresceu muito. Cresceu durante a noite toda. A árvore cresceu durante três dias. Durante três dias o povo dançou. Assim que a manhã se aproximou de novo, a copa da árvore atingiu o céu. E a estrela da manhã (Vênus) apareceu no céu pela primeira vez (depois de se ter posto como a estrela da tarde algum tempo antes). A copa da árvore espalhou-se pelo céu. Não dava mais para ver as estrelas e a lua. Surgiu um grande vento. As folhas da árvore transformaram-se em nuvens. Começou a chover. Choveu durante trinta dias.

Desde então os *uazezuru*[3] sacrificam uma moça sempre que há uma seca prolongada.

---

[3] Zezuru é um povo xona. (N. E.)

© *Copyright* desta tradução: Landy Editora Ltda., 2005.
Direitos cedidos à Editora Martin Claret Ltda. Tradução de *African Genesis — Folk Tales and Myths of Africa*, obra publicada em 1999 por Dover Publications, Inc.

Direção
MARTIN CLARET
Produção editorial
CAROLINA MARANI LIMA / MAYARA ZUCHELI
Direção de arte
JOSÉ DUARTE T. DE CASTRO
Diagramação
GIOVANA QUADROTTI
Capa
LILA CRUZ
Revisão
ALEXANDER B. A. SIQUEIRA / MAYARA ZUCHELI
Impressão e acabamento
BARTIRA GRÁFICA

Dados Internacionais de Catalogação na Publicação (CIP)
(Câmara Brasileira do Livro, SP, Brasil)

Frobenius, Leo, 1873-1938
A gênese africana: contos, mitos e lendas da África / Leo Frobenius, Douglas C. Fox; ilustrações Lila Cruz; tradução Dinah de Abreu Azevedo. – 1. ed. – São Paulo: Editora Martin Claret, 2021.

Título original: African genesis
ISBN: 978-65-5910-050-7

1. Contos folclóricos - África 2. Contos africanos 3. Folclore - África I. Fox, Douglas C. II. Cruz, Lila III. Título

21-60438 CDD-398.096

Índices para catálogo sistemático:

1. Contos folclórico africanos: 398.096

Maria Alice Ferreira – Bibliotecária – CRB-8/7964

EDITORA MARTIN CLARET LTDA.
Rua Alegrete, 62 – Bairro Sumaré – CEP: 01254-010 – São Paulo – SP
Tel.: (11) 3672-8144 – www.martinclaret.com.br
Impresso – 2025

CONTINUE COM A GENTE!

 Editora Martin Claret
 editoramartinclaret
 @EdMartinClaret
 www.martinclaret.com.br